U0454344

雅众
elegance

智性阅读
诗意创造

穿越
世间
众美

BÝTI BÁSNÍKEM:
Vybrané básně Jaroslav Seifert

［捷克］雅罗斯拉夫·赛弗尔特 著

陈黎 张芬龄 译

中信出版集团 | 北京

图书在版编目（CIP）数据

穿越世间众美：赛弗尔特诗选 / （捷克）雅罗斯拉夫·赛弗尔特著；陈黎，张芬龄译 . -- 北京：中信出版社，2024.1
ISBN 978-7-5217-6057-6

Ⅰ . ①穿… Ⅱ . ①雅… ②陈… ③张… Ⅲ . ①诗集－捷克－现代 Ⅳ . ① I524.25

中国国家版本馆 CIP 数据核字 (2023) 第 197696 号

穿越世间众美：赛弗尔特诗选
著者： 　 [捷克] 雅罗斯拉夫·赛弗尔特
译者： 　 陈黎　张芬龄
出版发行：中信出版集团股份有限公司
　　　　　（北京市朝阳区东三环北路 27 号嘉铭中心　邮编　100020）
承印者： 　山东临沂新华印刷物流集团有限责任公司

开本：787mm×1092mm　1/32　　印张：9.5　　　字数：102 千字
版次：2024 年 1 月第 1 版　　　　印次：2024 年 1 月第 1 次印刷
京权图字：01-2023-3955　　　　　书号：ISBN 978-7-5217-6057-6
定价：65.00 元

目　录

辑三　二十世纪六十年代诗作

辑四　瘟疫纪念柱

《瘟疫纪念柱》

辑五　皮卡迪利的伞

《皮卡迪利的伞》

辑六　二十世纪八十年代诗作

《身为诗人》

* 未结集作品

译后记

辑一 二十世纪二十年代诗作

《泪城》

（ *Město v slzách*，1921 ）

《全是爱》

（ *Samá láska*，1923 ）

《无线电波》

（ *Na vlnách TSF*，1925 ）

《夜莺唱歌走调》

（ *Slavík zpívá špatně*，1926 ）

《信鸽》

（ *Poštovní holub*，1929 ）

开卷诗

这城镇是

一幅瘦骨嶙峋的苦难图像，

是矗立在你眼前的巨大实体。

读者，你打开的是一本朴实无华的书——

我的歌在此起飞。

我虽见识过

城市的辉煌，但我的心不甘雌伏；

它的庄严和伟大蛊惑不了我；

我将重回星辰，林与溪，田野与

花的神秘怀抱。

但只要我的任何一个兄弟

还在受苦，我便无法快乐，

我将激烈反抗一切

不公不义，持续

倚着工厂的墙，唱出我的歌，

即使烟雾让人窒息。

然而我觉得街道令人费解。

它飞快如箭想征服世界。

它们绝不可能与我血液的律动合拍——
　　那些运转不歇的传动带和轮子
缚捆我和成千上万人的手，
如此，即使一个人心有所感，
也不许且不能拥抱他的同志。

但我若逃往树林和小鹿，花朵和溪流，
悲伤会重压我心，
沉重得让我不克回望
这一切美丽、安静和热情，
觉得应该回到那城镇，
那以冰冷的方式欢迎一个人的城市，
那儿夜莺不再歌唱，松木失去其气味，
那儿受制的不只是人，
还有花，鸟，马和卑微的狗。

高尚的读者，当你读到这些诗行时，
请思考片刻，将这记下；
你眼下瘦骨嶙峋的图像
是这城镇。
啊，人觉得自己就像一朵花：

不要采他，不要折断他，不要践踏他！

罪恶之城

工厂老板，拳击手，百万富翁，

发明家与工程师之城，

将军，商人与爱国诗人之城，

挟其黑色罪恶，已然超过上帝愤怒的界限：

上帝因而震怒。

千百次他威胁要对这城市报仇——

硫黄、火与雷电之雨倾盆而下，

而千百次他又生怜悯之心。

因为他牢记着他曾应许的诺言：

他不会摧毁他的城，即便只为两个义人，

而上帝的诺言当常具其效力：

就在这时一对恋人走过公园，

呼吸着花正开的山楂树丛香味。

少女吟

一条浩瀚之河流过城市，
七座桥跨过其上；
一千个美少女沿堤岸走着，
每一个都不一样。

你伸手向一颗又一颗心取暖，
借爱情巨大、暖心的火焰；
一千个美少女沿堤岸走着，
她们全都一个样。

一个黑人

清爽的微风在海边吹着，
怡然自得的黑种女人俯卧于
空海螺和被冲上岸的珊瑚碎片之间，
此时涨潮的海浪缓缓升高；
我相信只当个欧洲人真是下下签，
我不能向这命运低头，
上帝啊，我多么希望能坐在棕榈树的树荫下，
或者像那些黑种女人躺在海滩上。

而今日这名黑人男孩向我们道别；
原谅我，约翰大爷，我不得不羡慕你，
从现在开始接连十二天你将与黑女人们在海岸
共游，

　　火车正要离站，

　　船只正在航行，

　　飞机在海上飞，

我坐在火车站的餐厅里，
为文明之美默默哭泣，
飞机有何用，那些金属鸟，
我无法搭乘它们飞翔，

在我头上云间它们渐渐消没于远方。

　　哦，约翰大爷，
首先我们必须把欧洲炸向云端，
炸开所有被锁死、拴牢的
那些奇迹和魔法；
也许到那时，船长会因为友善的一握
将忧郁的诗人载送到非洲，
越过波涛汹涌的海洋，
进入热带气候，在千里之外，
进入一个奇异又美丽的国度，
　　哦，约翰大爷，
我们到时会再相见，也许，也许，
在象牙海岸[1]。

1　指位于非洲的科特迪瓦共和国。

小戒指

那里，路弯曲的地方，
在盛开的茉莉花旁，
我掉了一只银戒指，
我经常想起这件事。

我们经常回想起这事，
一块小石头掉落下来，
像小长春花一样，
绿色茎上淡淡的蓝。

你和我弯下身找它，
彼此的手在沙土中相遇，
灿开的蓝铃花缓缓鸣响，
我们两个人都哭了。

它们在蜜月中响个不停，
那些灿开的蓝铃花，
我们选择彼此为伴，
但很快就分手了。

一小段时间过去后
——事情往往如此发展——
小路上茉莉花再次绽放，
而现在我有了新欢。

那里，路弯曲的地方，
往事被丛生的簇叶掩藏，
银戒指不复与我联结，
我改戴了一只小金戒。

它紧紧粘在我的手指，
就像我想紧紧将你抓住，
我也许已掉了半颗心，
但不会让这小戒指丢失。

世间众美

夜晚，市街的黑空被灯火照亮，
海报上黑色字体间的芭蕾舞者多么美丽，
低飞，低飞如鸽的灰色飞机突然俯冲而下，
吓坏了在花丛中独自徘徊的诗人。
诗人，与星星一同消逝，与花朵一同枯萎，
今天没有人会因为失去你而哀悼，即便一个小时，
你的艺术，你的名声将永远衰微、消逝，
因为它们宛如墓园里的花；
因为那些使劲高飞于星际的飞机
而今取代你，唱出坚如钢铁的歌声，
它们多美丽，一如市街建筑物上欢乐的电子花朵
要比花床上的繁花更漂亮可爱。

我们为我们的诗找到了全新的美感，
啊你，月亮，燃烧殆尽的幻梦之岛，别再闪耀。
小提琴，别作声；汽车喇叭啊，大声响吧，
过马路的人们，愿你们忽然间开始做梦；
飞机，像夜莺般唱出夜晚之歌，
芭蕾舞者，在海报上的黑色字体间舞跃，
太阳或许不会出来了——照明灯自楼塔朝街上

发送光，它们将投射出炽热、崭新的一天。

流星被困在瞭望台的钢铁结构之中，
在今日的电影银幕前，我们做着最美的梦，
工程师在广阔的俄罗斯平原上筑桥，
我们的火车将高高行驶于水面之上，
行驶于灯火辉煌的摩天大楼屋顶上，
我们散着步，丝毫不觉读诗之必要，
就像祷告时成串念珠在骨感的指间滑动，
电梯每天在楼层间上升一百次，
从上面凝望，世间众美尽在眼底。
昨天还是神圣的艺术，
突然间变成现实而平凡的东西，
而今日最美的画不是任何人的作品，
街道是一支长笛，从早到晚吹奏着自己的歌，
城镇上方的高空上，飞机滑向星际。

好吧，再见，容我们把虚构的美留给你们，
驱逐舰正越过辽阔的大海驶向远方，
缪斯啊，忧伤地垂下你们的长发，
艺术已死；没有它，世界依然存在。

因为就连这只小蝴蝶也藏有真理，
它，从还没破茧时就开始啃啮诗集，

将飞向太阳，它承载的真理胜过
写在一页页纸上诗人的诗句。

而这是无人可以否认的事实。

炽热的果实

　　喜爱诗人
逐渐绝迹的黄石国家公园动物群
　　但我们喜爱诗
　　诗
　　永恒的瀑布

远射程的枪正在炮击头戴
　　钢盔的巴黎诗人们
但为什么把那些失恋殉情者也算进去？
　　再见了巴黎！

　　我们绕着非洲航行
而长着钻石眼睛的鱼
死在轮船的推进器里
　　最伤人的
　　是回忆

　　黑人的七弦琴
　　与热空气的味道
枝形吊灯炽热的果实只在近午夜时分成熟

布莱兹·桑德拉尔[1]先生

在战争中失去了一只手

　　神圣的鸟群

双腿纤细虚幻似影

撼动世界的命运

　　迦太基[2]已死

风在甘蔗里吹奏

　　一千支竖笛

同一时间在地球脆弱的平行线上

历史

　　百年的老藤交缠

我快要渴死了铃兰小姐[3]

　　而你不会告诉我

在迦太基喝酒滋味如何

一颗星被闪电击中

　　雨下着

1　布莱兹·桑德拉尔（Blaise Cendrars，1887—1961），出生
于瑞士的法国诗人、小说家，1916 年入法国籍，其作品对欧洲
现代主义运动产生影响。
2　古国名，约公元前 9 世纪到公元前 3 世纪，由腓尼基人建
立，位于今北非突尼斯北部。
3　"铃兰小姐"原文为法语"Mademoiselle Muguet"。

水面

    如紧张的鼓皮打着旋涡

俄国的革命

    巴士底狱[1]的陷落

    诗人马雅可夫斯基[2]死了

    而诗

    一轮蜜月

    将甜甜汁液滴进花萼

1　始建于 14 世纪，巴黎著名的关押政治犯的监狱。

2　马雅可夫斯基（Vladimir Mayakovsky，1893—1930），苏联社会主义现实主义诗人，一生积极参与革命运动，后自杀。

蜜月

若非那些愚蠢的吻，我们
不会到海边去度蜜月——
若非为了蜜月之行，所有
那些铁路卧车又有何用？

始终畏惧着火车站的铃声，
噢铁路卧车，蜜月的卧车，
一切结婚之喜都是易碎的玻璃，
满天繁星中一轮涂了蜜的月。

亲爱的，瞧窗外的阿尔卑斯山，
我们会拉下车窗，嗅闻苋菜，嗅闻
雪铃花方糖般的白，百合的雪白——
在铁路卧车后面是铁路餐车。

啊，卧车餐车，啊，新婚者的
车厢，永远待在里头，用
刀叉在床上享用新婚之乐。
小心轻放！玻璃，易碎！此面朝上！

再一日，再一夜，再来两个美妙
之夜，两个像这样的美妙之日。我的
《铁路指南》哪里去了，那诗意盎然之书，
噢还有我铁路卧车之美！

噢卧车餐车及铁路卧车！

噢蜜月！

算盘 [1]

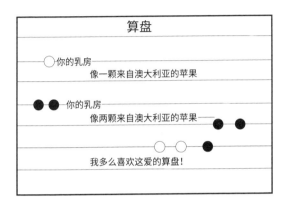

1　此首《算盘》为一图像诗，中译诗句为"你的乳房 / 像一颗来自澳大利亚的苹果 / 你的乳房 / 像两颗来自澳大利亚的苹果——/ 我多么喜欢这爱的算盘！"。赛弗尔特曾翻译过法国诗人阿波利奈尔的作品，这首诗应该受到阿波利奈尔 1918 年的诗集《图像诗》（*Calligrammes*）的影响。

爱情

魂断霍乱之人，
口吐铃兰花香；
鼻吸铃兰花香，
我们为爱销魂。

哲学

记得哲人的金言：
人生只不过一瞬。
但等候着和情人相会时，
每一回都是永恒。

扇子

遮女孩脸上的羞红，
撩人的目光，深长的叹息，
终而皱纹，以及变歪扭的笑容。

一只蝴蝶飞落在她胸间，
已逝的诸恋情的调色板上
褪了色的记忆的颜料。

香烟的烟雾

毒蛇的咬啮
有毒的苍白月亮
诗
黑人和猴子的病

而这病倦怠的
柔软枕头
夜晚的冰床单
当邪恶的热病降临

香烟的烟雾
徐徐向上
阿尔卑斯山的游客
太阳和深渊

险峻的峡谷上方
勃朗峰[1]峰顶
云端玫瑰的

---

1 "勃朗峰"原意为"白色山峰",是阿尔卑斯山的最高峰。

高空特技

升到星星的高度
倦怠之枕
喝下它们
诗

莫斯科

小步舞曲久已不跳了，
竖琴失去其最后的听众久矣。
老皇宫陈列柜里陈列的
是死者的墓碑。

这里曾是战场，
克里姆林宫[1]染血的墙依然张着牙。
为我们见证吧，身着丝绸入葬的
你们这些死者。

无酒的空杯，
向往日下降的旗帜，
一把剑，召唤着松落
它的那人之手。

腐烂的戒指，发霉的冠冕，
芬芳犹在的项链，
死去的沙皇皇后或女沙皇碎裂的礼服，

1 俄罗斯封建时代列国统治者常驻城堡的统称。位于莫斯科
市中心，始建于 12 世纪。

无眼的面具，死与诅咒之貌。

沙皇的苹果，权力的象征，
发红又发烂地躺在地上。
完结了，在金黄穹顶下完结了，
死亡看守着历史的坟场。

空洞如金色果壳的盔甲，
在花样无与伦比的地毯上，
而帝国的马车往上世纪回驶，
没有马，没有光，没有乘客。

有着蛛网琴弦的苹果树

累累的深红苹果

把庄严的树干弯成一把竖琴，

秋天为它配置了蛛网琴弦，

边响边唱吧，

　　我的乐手！

我们这儿不栽种柑橘，

也没有那比罗马女人香唇更甜、

攀生于爱奥尼亚圆柱[1]上的葡萄藤；

我们只有这棵苹果树，被岁月和果实

　　重压而折腰。

树下坐着一名男子，

　　他见过这一切——

巴黎的夜晚，意大利的正午，

　　克里姆林宫上方的冷月——

供他回家后追忆。

1　希腊古典建筑三种柱式之一，因其纤秀而被称为“女性柱”。

一首可以在
这些蛛网琴弦上拨弹的
平静且轻柔的歌
　　　　在我耳畔响起。

"美"究竟藏迹何方，
　　　山峦，城市，海洋？
火车要载你往何处寻找宁静，
治愈依然刺痛的创伤？
啊何处？

　　　而女人们的眼睛，
女人们的乳房，它们的波动起伏
将摇你入情色盎然的梦，
　　　你没受到诱惑吗？
一个声音，带着远方气味，对你呼唤：
　　　你的国度多么小！

　　　你一语不发吗——
当魅惑的声音跟你体内的流浪者
　　　说话？正午已过，
我从这棵老树摘下一个苹果，
　　　吸它的香气。

独自一人，远离
女人的笑声，远离女人的泪水，
回到家，独自一人，
听熟悉的树之歌在耳畔响起。

是呀，有些荒唐女的虚浮之美
还比不上一个苹果。

全景画

雄鹿正后退，多叉的鹿角的烟柱穿过
蕨叶逐渐上升，聆听星星吧，
但静静地，只要静静地。

盛满水果之盘，繁星满缀之夜，
我想把这只青铜碗交付给你，
想成为理发师。

啊，美发师，
疲惫的手沿着柔顺的发滑下，
梳子掉落，雕刻家放下凿刀，
镜子里，眼睛化成冰。

入夜了。你睡着了吗？
粉碎你鸭绒被的柔软吧！
午夜时分。电灯。
暗，明，暗，半明半暗，
看哪：

山的梳子梳理天空之发，
星星纷纷落下如金黄的虱子。

姑娘们的内衣之舞

十二件姑娘们的内衣
晾在一条绳子上，
蕾丝的花边在乳间，
仿佛哥特式教堂的玫瑰窗。

上帝啊，
请保护我不受邪念所侵。

十二件姑娘们的内衣，
那是爱啊，
阳光闪耀的草坪上纯真姑娘们的嬉戏，
第十三件，一件男衬衫，
那是婚姻啊，
终结于私通与一声枪响。

飘进飘出拨弄姑娘们内衣的风，
那是爱啊，
我们的尘世被其香柔之气环抱：
十二个空灵的身体。

那些由轻盈的空气做成的姑娘
正舞跃在绿色草坪上,
风轻柔地形塑着她们的身子:
胸部,臀部,还有腹部那儿一个浅凹——
快张开啊,我的眼睛!

不愿打扰她们的舞蹈,
我从那些内衣膝下轻轻溜开,
但万一她们哪一个跌倒了,
我会贪婪地将之吸进我的齿间,
咬她的乳房。

爱,
我们吸进并以之为食,
不再对其抱有幻想,
爱,为我们的梦定调,
爱,
紧随着我们的起起落落:
空无一物,
却是一切的总和。

在这全电气化的时代
流行的风潮不是洗礼而是夜总会,
爱情被打气筒打进我们的轮胎。

我罪孽深重的抹大拉[1]，别哭：

浪漫之爱已经熄灭了。

信仰，摩托车，以及希望。

1　抹大拉，又称抹大拉玛丽亚，是《圣经·新约》中所述被耶稣治好病、驱走她身上恶魔的一位妇女，她奉献自己的财物给耶稣和其门徒，随耶稣至各城乡传道。耶稣受审时，门徒都逃离而去，唯她随耶稣到十字架下，看其受苦，断气，埋葬。后又成为第一个见证耶稣复活的人。

歌

挥一挥白色的手帕，
在我们道别之时；
每天总有事物消逝，
总有美好的事物消逝。

信鸽振翅扑击长空，
归返；
无论希望满载或落空，
我们都会归返。

擦干你的泪水，微笑，
即便眼睛浮肿，
每天总有事情发生，
总有美好的事情发生。

布拉格

在厚重如毯的花床上

一株有着许多威严头颅的哥特式仙人掌开花了，

在忧郁管风琴的共鸣腔内，

　　在一丛丛的锡管里，

古老的旋律渐渐腐烂。

炮弹宛如战争的种子

随风四散。

夜凌驾一切之上，

愚蠢的帝王 [1] 踮起脚尖

穿过构成常绿圆顶的黄杨树

进入他蒸馏器的魔法花园，

在玫瑰红黄昏的静谧空气中

玻璃叶片叮当作响，

当炼金术士的手指如风一般

1　诗中所谓"愚蠢的帝王"系指鲁道夫二世（Rudolf II，1552—1612），哈布斯堡王朝的神圣罗马帝国皇帝（1576—1612 在位），也是匈牙利国王（1572—1608 在位）、波希米亚国王（1575—1611 在位）。在他的统治下，布拉格成为天文学、炼金术和艺术的中心。

轻触其上。

望远镜因宇宙的恐怖景象而失明，
宇宙研究者们大得难以相信的眼睛
被死神吸出。

月亮在云端下蛋，
新星辰亢奋地一一破壳而出仿佛
从更黑暗地带迁出的飞鸟，
高唱人类命运之歌——
但无人
能理解其意。

请听沉默的鼓号乐，
在破烂如古旧寿衣的地毯上
我们向幽冥的未来前进。

而陛下的尘灰
轻轻落在被遗弃的王位上。

潮湿的相片

那些美好的时光
城市有如一粒骰子，一把扇子，一阵鸟鸣
或海滩上一个扇贝壳
　　——别了，别了，漂亮的姑娘们，
　　我们今日相遇，
　　后会无期。

那些美好的星期天
城市有如一个足球，一张卡片，一支陶笛
或一口摇摆舞动的钟
　　——艳阳高照的街道上
　　行人的影子互相亲吻，
　　人来人往，互不相识。

那些美好的黄昏
城市有如一个时钟，一个吻，一颗星星
或一朵转动的向日葵
　　——第一个和弦响起
　　舞者挥摆她们羽翼般的少女之手
　　仿佛曙光乍现时的飞蛾或梦魇。

那些美好的夜晚

城市有如一朵玫瑰，一方棋盘，一把小提琴

或一个啼哭的女孩

　　——我们玩骨牌

和酒吧里苗条的姑娘们玩黑点骨牌，

瞄见她们的膝盖：

瘦弱憔悴

如两个戴着吊裤带丝质王冠的头颅，

在不顾死活的爱情王国。

一九一八年十一月

——悼念阿波利奈尔[1]

时当秋日。外国军队
已占领葡萄园斜坡，
在葡萄树间部署枪支如窝巢，
瞄准《蒙娜丽莎》画像胸部。

眼前是悲哀的贫瘠之地，
战士们或缺腿，或缺手，
然而心中犹存希望的火花，
堡垒的大门敞开着。

香气氤氲的秋空：秋空下
病了的诗人所在之城，
一扇面向落日余晖的窗。
一顶钢盔，一把剑和一支枪。

的确，这不是我出生之城，
它的河流漠不关心地流着，

1　阿波利奈尔（Guillaume Apollinaire，1880—1918），法国诗人、剧作家、艺术评论家，超现实主义、未来主义先驱。赛弗尔特曾译过多首阿波利奈尔的诗作。

但我曾在一座桥下哭泣过：我有的

只是一支烟斗，一支笔，一枚戒指。

教堂椽上的滴水嘴怪兽

将城市的尘垢吐进贫民窟，

它们的头自檐板顶部前倾，

被鸽子的粪便溅污。

钟声响起，荡下青铜之音，

但这一次全然不见希望，

唯可见送葬队伍行过

蒙帕纳斯[1]的林荫大道。

河面上的涟漪通知鸟儿，

鸟儿飞上去告诉云朵，

在空中以歌声传播这消息：

那一晚，没有一颗星升起。

而有"光之城"称号的巴黎，

被最深最黑的夜的尸衣遮蔽。

1　位于法国巴黎塞纳河左岸的著名街区，文化名人聚集地。

辑二　二十世纪三四十年代诗作

《裙兜里的苹果》

（*Jablko z klína*，1933）

《维纳斯之手》

（*Ruce Venušiny*，1936）

《给轮转印刷机的歌》

（*Zpíváno do rotačky*，1936）

《再见，春天》

（*Jaro, sbohem*，1937）

《披光》

（*Světlem oděná*，1940）

《一头盔的泥土》

（*Přilba hlíny*，1945）

别离

众多女人的心都如此蠢，
不管伊是美女或丑女，
她们的足印不易分辨，
在你记忆的沙滩上。

但在我们最后别离时
你最在意的是
在我可怜的破衣烂衫里
——乞丐的装扮不就是这样？——
你的泪没有滴落在白马王子身上。

别了，你们这群嗡嗡
飞入我的梦的苍蝇，
别了，我安静的黄昏以及
刻有玫瑰图案的我的烟盒！

打开门我听到急坠向地狱的
天使们的尖叫。

蜡烛

——给 A.M. 皮萨 [1]

生成于嗡嗡响的
蜂巢以及花香，
蜂蜜的小姐妹，
被蜂蜜久浸洗。

天使的手随后将
沐过芳香浴的她举起，
在爱意洋溢的月份，
蜜蜂为她编织嫁衣。

当亡者崩倒在她
脚边，仿佛安息于
一列黑色的阴影里，
她梳理她的顶饰

朝她的蜡躯滴下
一滴炽红的泪：
跟我来吧，亲爱的死者，
你的床已铺好等你！

---

1 A.M. 皮萨（Antonín Matěj Píša，1902—1966），捷克文学
批评家、理论家和剧作家，17 岁时以才华横溢的诗人之姿进入
文坛。

一百次无事

也许我会再次因你的微笑
抓狂
　　　　而恋人的爱与母亲的悲伤
将会像羽毛一样轻放在我枕上，
两者始终一块。

也许我会再次因军号的乐声
抓狂，
我的头发会发出火药味，
当我行走如从月球抛落的人。

也许我会再次因一个吻
抓狂：
　　　　像不情愿的灯笼里被点亮的火焰，我
开始颤抖，
当它触我肌肤。

而那只是我嘴边的风罢了，
我若想在它掠过时
抓住它无形的衣衫，
将是徒劳。

对话

[她]

你吻了我的额或我的唇?
我不清楚
——我只听见愉悦的一声,
暗黑的雾
纱一般遮住我吃惊的双眼。

[他]

慌乱中我吻了你的额,
因为你漫溢的呼吸的芳香
让我失魂,
但我不清楚:

——我只听见愉悦的一声,
暗黑的雾
纱一般遮住我吃惊的双眼。
你吻了我的额或我的唇?

窗下的葬礼

我向风悲叹，人生只是瞬间，
马匹啊，折返，
但愿马匹能折返：
重新开始，让过往的时间再现！

但愿倒着报时的钟能带我们
重回被浪费、消磨掉的时辰，
但愿这机器，逆向运转，
能将自杀者的套索弄断，
但愿昨夜一泻千里的月光
从沟渠重回今夜天空游荡，
但愿我们知道该如何
为不足道的伤心事再哭一次！

我向风悲叹，它不时怒号——
但愿它能翻转，
翻转、复苏死皮的面罩——
临终之时，带着最后
一口气飞离脸庞，而今饱受
强风吹袭的面罩——

容许我们再次亲吻那芳颜，

在它被带离、乱七八糟

碎裂于树梢和雨滴之前。

变形记

——给 F.X. 沙勒达 [1]

一个少年在春天变成了灌木，
灌木又变成一个放羊的小孩，
一丝细发变成一根竖琴的弦，
一层一层的雪高叠在头发上。

一个个字变成了一个个问号，
智慧与名声变成老年的皱纹，
然后琴弦回复成最细的发，
而小男孩变成了一个诗人，
诗人转身，又再次变了形，
变成他躺在旁边入睡的灌木，
心有所爱的他为佳人泪簌簌。

任何人一旦迷恋上哪位佳人，
会爱她爱到他垂死的那一天，
摇摇晃晃痴寻佳人的足迹，
啊，佳人有脚迷人又优雅，
柔如蕾丝的一双拖鞋在脚下。

1　F.X. 沙勒达（František Xaver Šalda，1867—1937），捷克
记者，文学评论家，布拉格查理大学罗曼语文学教授。

在这一变再变的变形记里，
一个咒语让他对女人着了迷，
只要一秒，一秒钟就够了，
就像蒸汽嘶嘶作响想要回击，
终仍依炼金术士之令行动，
像一只被猎杀的鸽子般倒毙。

没有棍棒，老年就残废无力，
而棍棒能变成任何一样东西
在这无止歇的奇异的游戏，
也许变成天使的一双翅翼，
此刻张得很开，欲腾空飞行，
无形，无痛，像羽毛一样轻。

一九三四年

闪亮的青春
是美好的记忆。
唯河流不会老。
风车已倒塌，
反复无常的风
漠然地吹着口哨。

惹人怜的路边十字架仍在。
矢车菊花环仿佛无鸟的空巢
在基督肩上，
一只青蛙在芦苇丛里大发亵渎语。

怜悯我们吧！
苦涩的时日已来到
甜美河流的两岸，
工厂空废已两年，
孩子们在母亲膝上学习
饥饿的语言。

而他们的笑声依然响亮

在悲哀地沉默着的
银色柳树下。

愿他们为我们安排的老年
胜过我们给他们的童年！

维纳斯之手

落后的探险者
坐在岸边，
告诉水波
他不足道的故事；
它们只是
一把风
在一只手掌上，
珠状的酒泡的消殒，
对不死的恐惧。

但那不是他
真正的职业。

当公鸡啼叫，
露水结冰
且尽折玫瑰花，
他告诉自己：
多残酷啊
折下可怜的玫瑰，
那些玫瑰花瓣

正像是脚指甲。

但那不是他
真正的职业。

留心美的诞生，
喟叹它的消殒，
在逝者如斯夫的水边
等候明春花开，
再一次淹没
那恒常的踌躇，
而把头放在
米洛斯的维纳斯手掌上，

唉，那就是他
真正的职业。

西班牙葡萄园 [1]

大地再一次喷送它的浆汁

到这些石质土地的低矮藤蔓间。

这些初成长的植物，有幸不被射得粉碎，

欢欣地伸出它们绿叶繁茂的手

像乞丐期望一枚被阳光弄暖的硬币。

哦迷人的村庄，你们给那些

甜美的浆汁声名与品牌，让

葡萄肿胀，压低细长的枝条。

现在是四月了，深红的血滴

犹溅在朴实的工作服与手上。

啊西班牙葡萄，谁会来这里采你，

如果哪一天这块土地上战争停止？

---

1 20 世纪 30 年代后期发生的西班牙内战，激起许多捷克斯洛
伐克知识分子与艺术家同情、支持共和政府军对抗佛朗哥领导
的右翼势力。

向马德里的防栅致敬

在祖国的大地上被生石灰覆盖，

加西亚·洛尔迦[1]，战士和诗人，

蜷缩地躺在坟穴里，

没有步枪，七弦琴，弹药。

摩尔人如今跳舞用的地毯，

以一池池的眼泪和鲜血织成，

越过阿尔卑斯冰川，比利牛斯山脉，

自通往布拉格城堡[2]的古老阶梯

有个诗人正跟他说话，

一个还活着的诗人

紧握着拳头将一个温柔的吻传送到那

远方的墓地，

诗人们相亲相惜之吻。

不是为杀戮

而是为和平之日，

用甜美的歌，

1　加西亚·洛尔迦（Federico García Lorca，1898—1936），20世纪最耀眼的西班牙诗人，在西班牙内战期间遇害。

2　布拉格城堡（Pražský hrad），始建于9世纪，帝王官殿群，集合各个历史时期的建筑艺术样貌。

用从我们的爱人心底，从开花的树下
寻得的
那轻柔的戏耍，文字和声韵的戏耍，
写出一首
和清脆的铃声，和纯朴人们唇间的话语
同样响亮、动人的诗。

但是当笔变成了步枪，
有谁不逃逸？

刺刀也可以在人的皮肤上书写，
写出的文字燃烧如殷红的树叶，
我在艰难的此刻正费力穿行其间。

然而有件事是我确知的，故友：
沿着马德里的林荫大道
工人们将再次前进，吟唱
你的歌，亲爱的诗人，
他们将放下此际倚着的步枪，
心存感激地将之收起，
一如在圣地卢尔德[1]的瘸子，
再也不需要任何拐杖。

1　卢尔德（Lourde），法国南部宗教圣地，传说圣母曾多次显灵于其地一山洞，附近泉水被誉为"奇迹之水"，据说能治愈残障之疾。

你的肌肤白皙如雪铃花……

你的肌肤白皙如雪铃花，
而嘴巴芬芳如玫瑰。
一切情话都已嫌单调，
我该怎么借重它们，而今
我正等候着你的回答
并且焦急地想得到它。
你的肌肤白皙如雪铃花，
而嘴巴芬芳如玫瑰。

但别到头来把我骗了，
让蒙住你双眼的恐惧
快快消散，看啊——
一如去年下的雪。
你的肌肤白皙如雪铃花，
而嘴巴芬芳如玫瑰。

披光（第一章）

当我漫步于朦胧的光中

布拉格对我而言似乎比罗马还美——

我怕自己也许永远无法自这梦境

醒来，无法在白日再临时

见到那些躲在滴水嘴怪兽

收起的羽翼下方的星星——

滴水嘴怪兽们以守望者之姿立在

古老圣维特大教堂[1]的檐下。

某日凌晨，已过入睡

时刻——黎明将至——

我站在大教堂尚未开启的

大门前，不敢敲门，

像可怜的朝圣者，在冬日之晨，

发现门关着，站在门边等候；我

盼望见到那些滴水嘴怪兽，在他们

向黎明时返家的星星打招呼之前。

1　圣维特大教堂（Katedrála svatého Víta），位于布拉格城堡区，是捷克最大、最重要的天主教堂，也是捷克历代帝王举行加冕典礼之所。

就在那时我发现一座坟，上前端详

坟上的雕像——我只身一人；

死者的鞋像一艘遇难的船只；

脚趾朝向天空。

在我观看时，摇曳的烛光

将怪异的阴影投射在整座坟上；

我仿佛听见纺车的声音

以及葡萄园里农民们的歌声。

葡萄穿着高贵的织衣，

灰蒙蒙的，像清晨人们吐出的气息，

沉睡于哥特式教堂中殿的四位女士

将死者抱在她们胸前。

代我向卡尔斯坦堡的树林问好，它们的

松木轻柔地走下来到向阳的平原。

代我再次向卡尔斯坦堡[1]的墙垣问好，

还有爬满翠绿葡萄藤的山坡！

他自坟中将一具漂白的颅骨

（仿佛芽苗般从他掌中长出）

1　卡尔斯坦堡（Karlštejn），位于布拉格南方，由神圣罗马帝国皇帝和波希米亚国王查理四世创建于 1348 年，是保管王权标记以及波希米亚加冕王冠，圣物和其他皇家财宝的地方。

高举到柱子上方；看哪，为
爱抚和销魂而生的情人之手
触摸了它，这一触给它耐力唱完
从其唇间沙哑挤出的祖国之歌，
给它力量，这是秘密的
契约，代代相传的遗产。

唉，它的唇必会因干渴而失去
知觉 —— 始终睡在它的剑上 ——
古老的圣歌世世代代传唱，
歌赞安居与谐和的热切之歌。
而圣者 —— 如今被天使翅膀形貌
与祷词盾牌所遮而鲜为人知 ——
掰开白面包与祖国的穷人分食，
一步一步踩踏过坚实的白葡萄。

我迷惑地注视着这份庄严，
挤入近处乞丐群聚的树荫，
我来此不是为了在紫水晶中哭泣，
我早已忘了如何流泪。
祭坛的边饰已被磨损，
乐谱架上落下几张纸：
沉重的靴子声回荡于狭长的中殿，
咔嗒咔嗒自地板镶嵌瓷砖上响起。

故乡之歌

美得像陶瓷上一朵烧绘的花
是我的祖国，我的故乡，
美得像陶瓷上一朵烧绘的花，
芬芳有如你刚刚切开的
可口面包卷上的糕屑香。

无数次感到沮丧，失望，
你还是重新回到她的怀抱，
无数次感到沮丧，失望，
你还是回到这丰饶美丽之土，
这穷如采石场春天的地方。

美得像陶瓷上一朵烧绘的花，
沉重得有如我们的内疚
——我们无法将之淡忘。
当最后的时刻来临，她
苦涩的泥土将是我们的眠床。

给布拉格 [1]

尽管只用言语表达，我是如此深爱着你，
我最美丽的城市，当你掀开整个
斗篷，绽露出你紫丁香的妩媚；
那些持刀拿枪者留下更多对你的描述。

是的，它们很丰富，令我们动容落
泪，日日，为我们的面包添加咸味。
我们耳中响起死难者的声音，
死难者们正义、谴责的声音。

他们躺在市街的人行道上，
直到我入土前，我将永感
羞愧，那一天未与他们同在。
辉煌的城市，勇者中的勇者，
你将被恒久铭刻于人类的历史上：

那一天彰显了你的美与荣耀。

1　此诗指涉的是 1945 年 5 月，第二次世界大战之苏德战争中的"布拉格起义"。

在捷克诸王墓前

心怀羞愧，我站在玛瑙堆中——
那些吾国之珍宝！
在附近安息的忠心宝剑
竟无法及时到手效劳！

一如洒满露珠的叶片和花朵
即便休眠依然含苞，
刀剑，长矛，链甲的铁护手
始终血迹斑斑。

祈祷吗？但在我们祈祷时请让
剑出鞘，让剑光闪烁！
现在或许只有女人的手还空着。
她们也将寸铁在握！

时钟继续运行，虽然时间走得很慢
在我们文艺复兴时期尖塔上。
历史之手已将新的火的信号
刻在墙上。

但血已干，火花已点燃：
再也不甘被链条拴锁。
现在或许只有女人的手还空着。
她们也将寸铁在握！

双手交扣悲凉地祈祷，
为求更美好的生活？
现在或许只有孩童的手还空着。
他们也将寸铁在握！

当你有一天在历史书上……

当你有一天在历史书上
读到我们的故事，
似乎它们并非什么惊动
四方或惨痛之事，
当夏天再次来临，
神采奕奕的少女们
露出双绉绸纱底下
她们的万种风情，

其中一位，腼腆羞涩，
双手搁放衣服上，
啊如此轻微地颤抖着，
当你热情似火地俯身
嗅闻她甜美如野生
浆果的芬芳的气息，
并且亲吻她的唇，
她的下巴，然后再往下，

切记啊：逍遥无虑
也是当年我所欲，

向女孩求欢，作乐，
相信生活甜如蜜。
唉，我玫瑰红的斗篷
被锋利的铁丝网割破，
我们的夜晚又回荡起
行军的脚步声。

当你有一天在历史书上
读到我们的故事：
讲述欣欣向荣的家园，
讲述春天的冰雹与洪水，
你也许会听到远方
葬礼的击鼓声
以及从我们这个时代的
深渊，响起的残酷笑声。

利迪策 [1] 的死者

归燕找不到屋顶下的旧巢，

她不停地绕圈飞行，啼声哀怨。

而一棵棵树，宛如裂开的巨大权杖，

无言地耸立于铅灰色的天空。

底下的你，脚跟陷入泥床，

通路被无底的深坑所阻，

你大步穿行过黑暗，张开双臂，

仿佛要将种子播撒在你的田野——

只有云雀随侍在你坟上；

比我们的耳朵更靠近你，

它听见一切无法理解的事物，

在它的音符里，你或许偶尔会听到

1　利迪策（Lidice），位于捷克"中捷克州"的一个村庄。
1942 年 6 月，第二次世界大战期间，该村因被怀疑掩护刺杀
纳粹德国驻捷克斯洛伐克总督莱因哈德·海德里希（Reinhard
Heydrich）的英国突击队成员，遭德军报复性摧毁。村中成年
人全部被屠杀，约 340 人遇难，婴儿被支持纳粹主义的德国家
庭收养。利迪策惨案激发了全捷克斯洛伐克人的反德抵抗运动，
并成为后来国际儿童节的来源。

泥土之歌，尽管承受难忍的重压，
黏合的双唇将吐出火焰的话语，
石头之歌，环绕着你挺直的头，
以及将你的名字包覆住的寂静——

哀恸之歌，你的孩子们，哭泣着，
走向等候着的暗灰色卡车
你看到疯狂的坑穴张着大口，
而时间因发狂早已逃逸无踪——

恐惧之歌，无与伦比的恐惧，
眼神狂乱的妇人紧握家门和篱笆，
一如溺水者胡乱抓取稻草，
那唯一的救赎机会——

寂静之歌，令人惊愕，随微弱的
最后一口气的消逝，更形深沉，
一首咏叹这个民族所有荣光的歌，
在他们无名的坟上我们今日默立。

现在云雀之歌，清亮祥和，
像往常一样自平原扬起——
而玫瑰，忧郁的玫瑰
虽遭践踏蹂躏，依然开满坟头。

辑三 二十世纪六十年代诗作

《岛上音乐会》

(*Koncert na ostrově*, 1965)

《哈雷彗星》

(*Halleyova kometa*, 1967)

《铸钟》

(*Odlévání zvonů*, 1967)

我内心会有多疼痛啊……

我内心会有多疼痛啊
　　　一旦永远离开我深爱的这些
墙垣！好几回
我觉得如果没有这些墙影我们根本
无法生活，它们远伸至我们
短暂的生命之外。

指南针的盘面不再催促我
　　　前往遥远陌生之地，
它的光芒也许已为我熄灭。

　　　然而，那些伸着
长长的根的绿树
同我在这里，亦步亦趋。

恋人们，那些夜晚的朝圣者……

恋人们，那些夜晚的朝圣者，
从黑暗走进黑暗
　　　到一个空的长凳，
把鸟儿们弄醒。

只有老鼠们——与柳树下
池塘边那只天鹅为邻——
偶尔会打扰到他们。

点点钥匙孔在天空中闪闪发光，
而当一朵云将它们遮住
有人手触门把，
一只期望窥见某样秘事的眼睛
徒然凝视着。

——我不介意打开那扇门，
只是我不知是哪一扇，
而且我怕不小心看到什么。

至此，这对恋人已一起倒下

亲密地抱在一起，
处于那种失重状态
正激动、不可思议地摇晃着。

雾跳着舞，以雏菊、
鸟粪和铁锈为花环，
　　他们摆动的斗篷
依然发红，因相形失色的夜空。

但是那两位，唇对唇，
依然飘飘欲仙，越过天阙
　　不似在人间。

——当你开始下坠时，紧抓着我，
并且拿好你的围巾！

有时我们被记忆……

有时我们被记忆束缚住了
没有剪刀可以剪断
那些粗的线。
　　　或绳索！

你看到艺术馆旁边那座桥吗？
　　　桥前几步路处
宪兵射死了一名
走在我前面的工人。

当时我只有二十岁，
　　　但每次我经过那地方
记忆又重回我身。
它牵着我的手，与我同行
到犹太坟场的小门，
我当初一路奔跑过坟场躲避他们
步枪的射击。

岁月踏着蹒跚、不稳的步子一路走来，
而我与它们一块。
　　　岁月飞越
直至时间静止。

如果一个人能够告诉自己的心……

如果一个人能够告诉自己的心：

　　不要急！

如果一个人可以命令它：燃烧！

火焰快熄灭了。

　　如今只剩一只拖鞋，

只剩一只手，

　　只剩一根顶针

在钥匙转动，门开启之前——

我们流着泪穿过那扇门

前往那名为"生活"的

　　可怖之美。

不要觉得羞愧。耶稣也曾哭泣。

昨夜星光如此灿烂。

然而为何单片叶子要提到

　　自己，

当整片草地存在？

　　我真心道歉，

我只想说几句话。

当我因痛苦而崩溃

并且死神已然舔着手指

嗅寻

血液发出的微弱红光时，

那与我最亲近的女子前来

跪在我身旁，

　　弯下身子，

用她持久的吻将她的气

吹进我的肺，像救溺水者一般。

而原本已离去的他

　　再次睁开眼睛，

死命地用双手紧抓

她的肩膀和头发。

没有爱情，或许活得下去——

但没有爱情地死去

　　会让人彻底绝望。

只要再一小片叶子，

　　只要再一颗谷粒，

只要一丁点的价值！

让我可以在女人芬芳撩人的魅力里

摇摇晃晃地多流连一会儿：

它将我们拉近又将我们带离，

有求又拒绝，

催促又抑制，

　　击倒又高举，

捆绑又放开，

　　爱抚又夺命，

是翼也是锚，

　　是脚镣也是光芒，

是玫瑰也是利爪——啊始终如此。

含笑默许，被吻的嘴唇欲迎……

含笑默许，被吻的嘴唇欲迎还拒的

    呢喃声——

我已久不闻矣。

    也非我所有。

然而，我仍喜欢寻找那些

    从面团或

    菩提树芳香

揉捏成的语词。

但面包已然发霉，

    而香气带苦味。

我周围的语词都踮着脚尖偷偷走开，

在我试图捕捉它们时

    将我勒住。

我不能杀它们

    但它们正要把我杀死。

一击一击的诅咒重撞我的门。

我如果强邀它们为我起舞

它们会沉默以对。

    然而却一跛一跛不成韵律。

但我很清楚

诗人必须始终在喧哗的语词

所隐藏的东西之外，

多说点什么。

而那即是诗。

否则，他将不能以其诗句扳开

覆着甜蜜面纱的花蕾，

或者让你脊背发凉

  　全身震颤

当他揭示真相。

结尾的歌

请听：关于小亨德蕾。
她昨天回到我身边，
她已经二十四岁了。
像书拉密女 [1] 一样美丽。

她穿着一件灰色松鼠皮衣，
戴着一顶雅致的小帽子，
脖子上系了一条
淡烟灰色的围巾。

亨德蕾，这衣饰跟你多配啊！
我还以为你死了，
而且你变得更漂亮了。
真高兴你能来！

你大错特错啦，亲爱的朋友！
我已经死了二十年，
这一点你很清楚。
我只是回来见你一面。

---

1 书拉密女（Shulamite），《圣经·雅歌》中所罗门王惊为天
人的美女。

哈雷彗星

当时我什么也没看到，
　　　除了陌生人的背，
和帽底下急速攒动的头。
街上挤满了人。

我本想用自己的手指
攀上那面光秃的墙，
　　　如饱饮乙醚者或饱吸以太者所试，
但有一只女人的手
抓住了我的手，
我走了几步，
名为天界的深海
就开展在我眼前。

下方地平线上的教堂尖塔
　　　看似用亚银铝箔纸
剪出的图案，
而星星在它们上方浮潜。

在那里！看到了吧？

是的，我看到了！
拖曳着不会熄灭的火光尾巴
这颗星逐渐隐去不复返。

那是某个甜美的春夜，
　　五月中旬已过，
柔和的空气中芳香弥漫，
我吸入香气
　　　还有星尘。

有一次我曾在夏天嗅闻
　　（偷偷地）
一些高大的百合花——
插在厨房的水壶在市场贩卖，
大家看到我都大笑。
因为我脸上沾着金黄花粉。

圣乔治教堂 [1]

假如白色的圣乔治教堂

突然发生火灾，

   （上帝不容！）

火烧后的墙壁将会是玫瑰色的。

甚或其双塔——亚当与夏娃——也是。

较纤细的那座是夏娃，女性通常如此，

尽管此乃女性此性别微不足道

   的荣耀。

炽烈的火焰会让石灰石泛红。

就像初吻后的

少女们一样。

1　圣乔治教堂（Bazilika sv. Jiří），临近圣维特大教堂，始建
于 920 年左右，是布拉格城堡区最古老的教堂，布拉格最重要
的罗马式古迹之一，有两座白石尖塔，较宽的南塔名"亚当"，
较窄的北塔名"夏娃"。

天文台的圆顶

现在的人拥有的东西已不多
除了可以快速穿上有钢盔的
太空服，

        拉下有机玻璃面罩，
跳进某个无桅、无帆的奇异飞船，
倒栽葱地

        驶进宇宙深处。
唯独如此他们才得以再次碰触到
星星的表面。

我知道你打算说什么，
我十分清楚。

但当我们还是幼童
而且有人以手臂环抱我们颈间的时候，
那些开启的门的后头何其美好。
那儿晾着尿布，

        绵羊在门槛边，
公羊，母羊，小羊
互相挤来挤去，

脖子伸得长长的。

水，为了不出声，
将自己伪装成轻盈的雪
并且安静地待在屋顶上。
当时墙上若有个空鸟笼，
那鸟笼也会放声歌唱。

一种温暖来自胸前的呼吸，
爱也让我们暖呼呼的，
　　　　一切都是香香的——
青苔，干草，麦秆，还有另一样：
妈妈的乳汁。

　　　　对啊，
那是世上最好的东西。

而在屋顶上方，伸手可及之处，
有颗星星。

随后纺车沉寂，
　　　　织筒迷途，
谷仓空出，
星星飞离，

飞到我们银河系尽头。

只剩炙热的灰烬

　　　　自空中落下。

我知道你打算说什么，

我十分清楚。

但那上头有会将你逼疯的

荒芜的空虚和寂寥。

　　　　以及让人绝望的浓密黑暗。

以及可怕的黑色寒气。

序曲

当诗人可不是容易的事。

在树林里看到一只刺嘴莺
在鸟巢上方飞翔,
他就会忍不住想起
——噢,邪恶的狂喜!——
他女朋友腋下
毛发蓬乱的温暖小凹。

但他会前行进入树林,
因为他可以听见各种声音,
周遭的一切都轻轻颤动。
而你说怪不怪?
　　他会相当贴近地细看
姑娘们毛茸茸的胯部,
先一个,再另一个,
而后退到模糊的距离,
留给她们渴望。
喔,不,
　　她们只是树叶和花,

雨后闪闪发光的
高大云杉的粉红树干。
她们在白天最美，
其次是夜里。

　　但那不是我。

从前，诗人高声说话，
血液跟着喧哗。
男人赶忙拿起武器，
女人毫不犹豫地剪下
她们蜜色与深红色头发
当绞索。
比我们的尼龙绳更有弹性。

现今女孩的头发太短，
那是为什么她们现在用纱布
盖住人类的伤口，
　　赶到伤者身边，
把他们血渍斑斑的头
放在她们的乳房担架。

除非暴君垮台
　　——暴君垮台是万世定律——
否则诗人会被判处沉默之刑，

监狱锐利的栏栅之手
会用铁爪封他的口。
但他会放声吟诵他的诗句
穿过铁栏传送出去，当
焚书者开始干活。
　　　　但那不是我！

有时候他会孤注一掷让文字互相撞击
以生出某种确定性——
但我们的世界没有什么确定性。
他白费力气地将火热的文字抛至
远处，甚至超越死亡，
想借此晃动某个无言的谜团，
照亮静卧于这万人冢上的
黑暗——
　　　　它依附着
那些悲惨的尸骨，
点点铜绿自被处决者裤袋里
未被检出的打火机
洒落。
　　　　但那不是我！

＊　＊　＊

我从未告诉任何人，

但当时我在那里。

　　夜间出没的鸟可以做证，

谷仓猫头鹰和夜莺，

　　它们即使在黑暗中也目光敏锐。

孩童不可信，

　　据说他们会说谎，

但当时我在那里，我在那里！

午夜已过，

星星闪耀，仿佛在哭泣，

我冷得发抖，在雅各之梯[1]

顶部最后几个

　　梯级上。

它安稳地立足于地，

倚着一朵云。

但攀升途中，在一堆星星之上，

我被吓呆了：

　　一座镀金的竖琴

倒立飞翔，不知何来兮何所终，

1　典出《圣经·创世记》第 28 章第 10 至 22 节，雅各逃亡途中于梦中所见连接地下与天上的"天梯"，象征通往天堂之门的途径。

绕着地球旋转。
它断了几根琴弦，
看起来像是自天使背上割下的
　　　一只翅膀。

无疑是在某次宇宙风暴中发生的，
当细微的星尘吹入
辽阔的玉米田。
　　　春天的蝴蝶
惊慌地
从潮湿的石堆飞起。

我爬上梯子的顶端后发生了
什么事，
我过一会儿就告诉你。
　　　想起它我全身激动。

从它黑如柏油的丝绸
　　　——的确那么黑——
浮现出一颗可爱的星，
循着无声的轨道升起，
大如从窗户看到的
　　　满月。
它发出牛奶般的光，

带着一点点坠入其中的

花的颜色。

此种美丽我从前只见过一次。

那是我的第一个秘密。

然而那不是罪：她并未察觉。

当她脱衣时，

　　她把头别了过去。

她已死了很久。

当我再次下到

　　云雀的窝巢时，

小公鸡啼叫出它们黎明的警告。

我还看到另一个东西！

是什么？

　　昴宿六[1]发出的一道光芒。

在底下，一辆古老的马车吱嘎作响，

轮子碾压过被风吹落的果实，而地平线上

屹立着日普山[2]。

* * *

1　昴星团（Pleiades）中亮度最高的一颗恒星。

2　日普山（hora Říp），捷克"中波希米亚"平原上的一座孤山，传说是捷克人祖先最早居住之地。

我曾随父亲

参加一个露天聚会。

　　他们大唱反调：

终结诸帝、诸王，

甩开你们的锁链！

我尚未感觉它们的重量，

否则我早就甩开它们了，

但我欣赏弗里吉亚帽[1]，

它宽帽带上的鼓，

以及被子弹射破的旗帜。

第二天，我匆忙前往布拉格城堡，

攀上世界最美的阶梯，

兴奋地俯瞰城市。

若有鲁特琴[2]，若谙琴艺，

我便可以即兴欢唱，

那段我用不属于我的蓝空

和微笑

　　编织梦想的

日子。是的，它们幼稚

1　又称自由之帽，法国大革命中象征自由和解放的标志。

2　用作伴奏歌唱的拨弦乐器，曾在文艺复兴时期风靡欧洲。

而且相当荒谬。

然后我把一切删除，再以同样的方式
重新开始。

我现在已不记得
    曾经漂流的方向，
但有个画面永远停格在我心头。

* * *

穿过一扇半开的门，我看到一个大厅，
人们翩翩起舞。
窗内的布帘洋溢着欢乐的气氛，
仿佛有个天篷将青春留住。
白衣少女，粉红衣少女，
身着深色优雅服饰的年轻男子，
绕着愉悦的期盼回旋。

心醉神迷有时会让你喘不过气。
而后突然有人砰的一声将门关上。

我只有一次……

我只有一次见过
太阳如此血红。

　　再无第二次。
它不祥地向地平线沉没，
仿佛有人
已将地狱之门踢开。
我问了天文台，
如今明白原因何在。

地狱，我们都知道，无所不在
且用两条腿走路。

　　但天堂呢？
天堂很可能只是

　　我们久候的
一个微笑，

　　以及低声说着我们名字的
双唇。
再而就是那短暂的眩晕时刻
当我们获准暂忘
地狱的存在。

当我们的桑树开花……

当我们的桑树开花，
它们的气味经常
飘进我的窗户……
特别在黄昏和雨后。

桑树就在街角附近，
几分钟路之遥。
夏天，当我跑到
它们垂悬的枝条下，
嘈杂的黑鸫已将
黑色的果实啄去。

我站在树下，呼吸
它们浓郁的气味，
鲜活的生之欲突降我身，
一种奇妙的奢华感，仿佛
因她纤手的一触而引爆。

如果你称诗是……

如果你称诗是歌
——人们常常如是说——
那么我已唱了一辈子的歌。
我与那些一无所有者一同前进，
他们勉强糊口，
我是其中一员。

我歌唱他们的苦难，
　　他们的信仰，希望，
我与他们一起经历他们
所经历的一切。体认其苦
其缺，其勇，
与贫困之悲。
每一次他们的血流出，
都喷溅我身。

它总是澎湃地流动着
在这四处是美丽河流，草地，蝴蝶
与热情女子的土地上。
啊，我也歌唱过女人。

为爱所眩惑,

　　我一生颠簸, 蹒跚,

被落地的群芳或

大教堂台阶绊倒。

辑四 瘟疫纪念柱

《瘟疫纪念柱》

（*Morový sloup*，1978）

朝圣地

经过漫长的旅程，我们在大教堂的
回廊醒来，人们在此
席地而睡。
当时没有巴士，
只有电车和火车，
朝圣者都是徒步上路。

我们被大钟吵醒。轰隆的鸣响
从方形塔楼传来。
铿锵有力的钟声撼动的不只教堂，
还有梗茎上的露水，
仿佛我们头顶上方不远处
有象群在云端笨重地
跳着晨舞。

几尺之外，女人正在穿衣。
我因此瞥见，
仅仅一两秒，
女人的裸体，
在她们以手将裙高举至头上时。

但是就在那一瞬间有人用手
捂住我的嘴，
让我几乎无法呼吸。
我一阵昏黑摸向墙壁。

过了一会儿所有的人
都跪在金色圣骨盒的前面，
彼此以歌招呼致意。
我也跟着唱。
但我为不同之事欢呼，
是的，欢呼千次，
为初次目光之艳遇不能自已。

歌声很快就将我的思绪
带离教堂。
《圣经》里福音书作者路加
在他的福音书
第一章第二十六节中
如是写道：

有翅膀的信使轻盈地自窗子

飞入童女马利亚[1]的

卧房，仿佛仓枭飞翔于夜晚，

然后在少女眼前离地一英尺[2]的

空中盘旋，

极其轻微地拍动翅膀。

他用希伯来语讲大卫王[3]王位之事。

她惊讶地低垂双眼，

轻声说：阿门，

她栗褐色的头发

自额头垂落到祈祷台上。

而今我明白在那攸关命运的时刻

天使若未对她们做出任何宣告，

女人会有何反应。

她们先会欢喜地尖叫，

然后啜泣，

狠狠地将指甲

戳进男人的肉里。

1　典出福音书"童女生子"的故事，马利亚为耶稣之母，因
圣灵成孕，并受圣灵保护，永葆真实与童贞。
2　1 英尺为 30.48 厘米。
3　大卫王（David，约公元前 1107 年—约公元前 1027 年），
于约公元前 1000 年统一以色列，定都耶路撒冷，对犹太民族
和世界产生深远影响。

而当她们封闭她们的子宫，
绷紧她们的肌肉，
一颗骚乱的心会让失控的话语
飙上唇间。

当时我正准备好迎接生活，
前往，不管天涯海角，
世界上最刺激的地方。
我清楚记得，在露天游乐场摊位上
格格作响的玫瑰经文吟诵声，
就像雨滴打在白铁皮屋顶，
而在摊位间闲逛的女孩们
一边神经质地抓牢围巾，
一边大方地向四方抛出
灿烂的目光，
她们的唇向空中发送
尚未尝到的吻的滋味。

生命是候鸟返回
孤独地域的
一趟艰辛又痛苦的飞行。
出发了，就无法回头。
你留下的一切，
痛楚，忧伤，所有的失望

似乎更易于忍受，
相较于这孤寂——
这孤寂找不到任何慰藉
可以让泪痕斑斑的灵魂得到
些许安慰。

那些甘甜的葡萄于我何用！
我在射击摊上赢来的好东西，
一朵鲜红的纸玫瑰！
我保存了许久，
而闻起来仍有碳化物的味道。

卡纳尔花园 [1]

直到老年我才学会

喜爱寂静。

有时它比音乐更让人兴奋。

战栗的信号无声地闪现，

而在回忆的十字路口

你听见时间

试图闷死的名字。

在傍晚的林间我甚至时常听见

鸟的心跳声。

有一次在教堂墓园里

我听见某个墓穴深处

棺木裂开的声音。

花园里有一块凿成海贝壳形状的

被遗忘的大石，

孩子们常在此玩到黄昏。

---

1 卡纳尔花园（Kanálská zahrada），捷克植物学家约瑟夫·伊
曼纽尔·马拉巴勒·卡纳尔（Josef Emanuel Malabaila de Canal，
1745—1826）于 1790 年在布拉格维诺拉第区（Vinohrady）建
立的植物园，今为里格罗维公园（Riegrovy sady）的一部分。

我记得儿时的情景。

昔日的他们仍在那里玩耍，如在眼前。

它可能是古老花园里

最后一颗幸存的石头。

再无他物留下。

除了一座喷泉和一棵树，

一座遭破坏的喷泉，

和一棵被左轮手枪子弹

射穿树干的

半枯萎的树。

黑夜，无情的黑暗守护者，

自天空将红色黎明急促倒下，

像遭金发美女以匕首

刺杀的马拉 [1] 先生

所卧的血水，

现在它开始扯下

人们的影子，

像一名裁缝师在量制外套时

扯下暂时缝上的袖子。

---

1 马拉（Jean-Paul Marat，1743—1793），法国大革命时期激
进派领袖，被 25 岁的美女刺客夏洛蒂·科黛（Charlotte Corday）
刺杀身亡。

地球上所有的事都发生过，

没什么新鲜事，

但悲哉，那些未能在

每一个未来的吻中

发现鲜花的恋人们。

光依然卧于花床

和柔和的小径上。

在花丛间散步的是

约瑟夫·伊曼纽尔·马拉巴勒·卡纳尔伯爵。

他高尚斗篷的下摆

压弯了头状花序，

不过它们立刻又挺回原状。

犹太人不准进入！

喔，真是的！

我们每个人都朝自己的深渊走去。

有两个深渊：

头顶上深沉的天空以及坟墓。

坟墓更深些。

池边立着以白石凿刻的

女神雕像。

她颤抖之躯潮湿柔滑的曲线
好似打到起泡的奶油。

古代的天空都到哪里去啦？
她会在哪里为她亚麻色的头发
系上蜜色的蝴蝶结？
她用纤细的手臂遮住乳房，
文雅地向前弯身，
仿佛就要踩入
被刚绽放的浅粉红色睡莲
锁住的池塘。

她的腹部，映照在水面，
宛如俄耳甫斯[1]的神妙乐器——
色雷斯女子自他手中夺下，
将之扔进赫布罗斯河。

他们在门楣上写下
一千八百二十九年，
以神圣的粉笔。
在城邦剧院[2]的隔间里

1　希腊神话中的音乐使者，被酒神的狂热女信徒杀害肢解，
他的头与七弦琴被扔进赫布罗斯河（Hebrus）。
2　城邦剧院（Stavovské divadlo），1783 年建于布拉格的歌
剧院，莫扎特歌剧《唐乔望尼》（Don Giovanni）即在此首演。

站着一位诗人，

紧张地等待

其中一个包厢打开，

等待一位伯爵夫人进入。

心醉神迷的痴愚，那一刻，

在他内心深处尖叫。

他住在米哈尔斯卡街的

"红公鸡"[1]，

因为没有家具

所以躺在地上写诗，

他蘸笔用的墨水台

固定于木质地板上。

安静吧，玫瑰花丛，

别在我耳边轻唤她的名字。

湖上的芦苇啊，静下来，

不要沙沙作响，

那样当她走向等候中的马车时，

我就听不见她丝绸裙发出的窸窣声……

她永远，永远都不会抚弄

我下颚稀疏的胡子，

1　为诗人住所名。

我也绝不会让我的嘴
沉溺在她的身体里。
但愿我从未见过她，
这样她就不会
每回都以她的美貌之剑
砍下我的头。

第二天他又耐心地站在
剧院的圆柱边
目不转睛地盯望着无人的包厢。
她进入之后，
坐在天鹅绒扶手椅上，
她闭了一会儿她那双有着长睫毛的
迷人眼睛，
就像食虫植物阖上它胶黏的花朵，
你无路可逃。

噢，遮住你眼睛的光芒，亲爱的，
否则我会发疯。
当年他还年轻，
后来他疯了，死了。

夜晚，永恒的繁星蚁堆，
此外，还有什么？

凉亭的绿荫下
恋人们在拥吻。

被吻了百次的双唇
对被吻了百次的双唇
低声说出火热的话语，
照亮横冲直撞的血液之路，
前往激情所在的最远地区。

一对匕首，
舌头相互刺伤
被欲望翻搅的嘴巴。

那晚的黄昏星是金星。

让我们回到尊贵的伯爵。
他喜欢音乐
且让他的乐师们
隐身于花园灌木丛里
吹奏他们的管乐器。

乐师们将浓郁的花香
吹入他们的乐器，
在手指拨弄下，

花香变成可随之起舞的
情歌。

轻轻扬起了！你若想跳舞，
就跳吧！

如果在我们共舞时，
两座优雅、坚挺的小圆丘
其中之一的珊瑚尖头
在我的上衣上
写下莫尔斯电码的几个字母，
那不一定意味着什么。
这样的事经常发生。
甚至可能只是巧合。

但我通常将它当成
来自绕着我额头运行的
另一个星球的一个呼唤。
有人可能会耸肩：
那又如何？
但我已将我的一生全注于
此一呼唤。

舞罢，这位疲倦的女士

坐在柔滑的草地上，
她宽松的麻纱裙摆
在她周边摊开，
仿佛一波波涟漪在水面泛起。

我听到她快活的笑声，
但我慢了一步。

人总是慢了一步，
当他老了，
他最后甚至嫉妒草坪
被女孩膝盖压出
两个浅凹。

我很幸运。手牵着手，
一对对沉醉的男女
在脚印凌乱的草地上绕树起舞。
我此生与那女孩
仅此一会。

她微笑着邀请我到她身边，
这是人们有时觉得
用口说出过于唐突时
互邀对方的方式。

她随即放慢脚步，
等我跟上。

你要我随你到任何地方
我都乐于前往。
即便到火山口边灿开着
硫黄花的岩石。

她并不想跟我走那么远。
她打了个寒战，
仿佛被死亡碰了一下 。

至少让我握一下你的手——别了。
她犹豫片刻，
但是，她的道别是
将她的嘴探进我的嘴，
像老虎的爪般。

我注视着你的额头，
像飞行员飞入暴风雨时
紧盯着仪表板。
我这么迟才与你相遇，
但这么地意想不到。

我知道你被藏在
深深的发丛中。
一闪一闪，在暗处，
我却没能找到你。

我的空掌上
满是金粉尘。

然后你从你睫毛的栅栏间
逃进你的笑声。
六月，穿着节庆的服装，
让我们的窗口开满茉莉花。

但最后你消逝于
你沉默的雪里。
相隔那么远，
我如何才能再看你一眼？
天寒，日暮。

你或会将我的诗撕碎，
将之扔进风中。
将我的信揉皱，
送进火里。

但你会如何处置那张
以比一只手还小、蒙上薄雾的金属
铸成的我的脸？
你一直将它放在你眼前！
你的失望要你怎么做，你就
动手吧。

但再一次，最后一次，
你会将我的头
抱在你双手间。

伯爵死了，伯爵夫人死了，
诗人死了。
乐师们死了。
我所爱的人都死了，
我自己也正准备
离去。
至少有时我有这样的感觉，
当我凝视着
你遥远的眼睛，
远远地徒然寻找
花园里最后一颗石头——
它也死了。

瘟疫纪念柱 [1]

他们变身为大地的四个角落：

这四名退役的天国武士。

大地的四个角落

被禁锢于

四道重锁的背后。

纪念柱的古老影子

沿阳光小径蹒跚而行，

从**桎梏**的时刻

到**舞蹈**的时刻。

从**玫瑰**的时刻

到**龙爪**的时刻。

从**微笑**的时刻

到**愤怒**的时刻。

从**希望**的时刻

到**决不**的时刻，

1　赛弗尔特此诗以有 300 年历史的布拉格古迹 "瘟疫纪念柱"
象征捷克的命运与历史。瘟疫纪念柱于 15 世纪至 17 世纪间遍
立于欧洲各城镇，用以纪念死于鼠疫的受难者。

由此再一小步就

到**绝望**的时刻，

到**死亡**的旋转闸门。

我们的生命向前奔行

如手指磨过砂纸，

日日，周周，年年，世世代代。

有些时候我们

长年以泪洗面。

而今我漫步于纪念柱四周，

从前我常在此等候，

聆听自预言末日的天启之口

流出的水汩汩作响的声音，

当它溅碎于水池表面

卖弄风情之姿

每每让人惊叹不已，

直到纪念柱的阴影落在你脸上。

那是**玫瑰**的时刻。

喂，小伙子，帮我一个忙：爬上

喷泉，大声读出

那四位福音书作者在石页上

所写的福音。

第一位福音书作者是马太。
 　　我们哪一个能用思虑
 　　使寿数
 　　多加一刻呢？[1]

马可，第二位，写了什么？
 　　人拿灯来，
 　　岂是要放在斗底下，
 　　不放在灯台上吗？[2]

而福音书作者路加呢？
 　　尸首的光是眼睛。
 　　然而众多尸首在哪里，
 　　鹰也必聚在哪里。[3]

最后一位是约翰，上帝最爱的门徒，
他写了什么？
他膝上有本阖着的书。
将它打开，小伙子。必要时

1　引自《圣经·马太福音》第 6 章第 27 节。
2　引自马可福音第 4 章第 21 节。
3　引自路加福音第 17 章第 37 节。

用你的牙齿。

我在奥尔沙尼墓区[1]边的
圣罗克瘟疫教堂[2]受洗。

在布拉格鼠疫猖獗之时，
他们将死者置放于教堂四周。
尸体在尸体之上，层层堆叠。
他们的骨头，多年之后，变成
胡乱堆起的火葬燃料，
在夹带泥沙的生石灰旋风中
火光熊熊。

有好长一段时间，我去造访
这些伤心地，
但我并未摒弃生之甜美。

温暖的人的气息令我开心，
当我漫步人群之中，
我试图捕捉女人的发香。

1　奥尔沙尼墓区（原文"Olšany"指"Olšany Cemetery"），
布拉格市内最大的墓地，以其内众多新艺术运动纪念碑而闻名。
2　指圣罗克教堂（Church of Saint Roch），布拉格日什科
夫区内最古老的教堂之一，位于奥尔沙尼广场。

晚上我常蹲在
奥尔沙尼酒馆的台阶上听
抬棺者和掘墓人
喧闹地唱着他们的歌谣。

但那是很久以前的事了，
酒馆如今都已沉寂，
掘墓人最终
埋葬了彼此。

当春天，带着羽毛
和鲁特琴，来到眼前，
我会在教堂南边
日本樱花绽开的草坪上散步，
一边沉迷于它们的春色，
一边想象女子
在夜里静静地褪去衣衫。
我不知道她们的名字，
但其中有一位
曾轻拍我窗，
在睡意不来之时。

是谁在我的枕上
写下那几首诗？

有时我会站在木造的钟塔旁。
每回他们将尸体抬进教堂时，
丧钟会响起。
现在它也沉默无声了。

我凝视小城区墓地[1]里的
新古典雕像。
那些雕像依然为它们不得不
与之分离的死者们哀伤。
他们离去，脚步缓慢地
带着饶富古典美的微笑。

他们当中不仅有女性
还有头戴头盔、全副武装的士兵，
如果我没记错。

我已许久未到此地。

不要听信他们谎称
瘟疫快要结束：
我看到太多的棺木被拖拽着

1　位于布拉格小城区附近的一处公墓。

穿过这黑暗大门，

而它不是唯一的入口。

瘟疫还在蔓延，而且医生似乎

替这疾病取了一些不同的名字

以免造成恐慌。

然而它仍是相同的古老的死亡，

除此无它，

而且极具传染性，

活人难逃此劫。

每当我望着窗外，

瘦弱的马匹始终拉着那辆载有凄凉棺木的

不祥之马车。

只是现在敲丧钟的次数不再那么频繁，

人们不再把十字架漆在大门上，

不再焚烧杜松树枝以熏蒸消毒。[1]

以前当夜幕低垂，

我们有时会躺在尤利安广场，

布尔诺[2] 逐渐隐入黑暗，

---

1 西方人有焚烧杜松树枝能防止瘟疫发生的说法。
2 捷克仅次于首都布拉格的第二大城市。

斯维塔瓦河[1]支流的

青蛙开始哀鸣。

有个年轻的吉卜赛人曾在我们身旁坐下。

她的衬衫衣扣半开，

她为我们看手相。

对哈拉斯[2]，她说：

　　　　你活不到五十岁。

对阿图斯·却尔尼克[3]：

　　　　你会活到五十岁之后不久。

我不要她替我算命，

我害怕。

她一把抓住我的手，

愤怒地大喊：

　　　　你会活很久！

听来像某种威胁。

我所写的许多两韵叠句十四行诗以及歌啊！

一场战争波及全世界，

1　一条流经布尔诺的河流。

2　哈拉斯（František Halas，1901—1949），捷克杰出诗人，
赛弗尔特友人。

3　阿图斯·却尔尼克（Artuš Černík，1900—1953），捷克诗人、
影剧批评家，赛弗尔特友人。

全世界
遍地忧伤。
而我对着戴了珠宝的耳朵轻吟
爱的诗篇。
我对此事感到羞耻。
但不，未必如此。

趁你熟睡，我将十四行诗花环
呈放在你弧形的膝间。
它比高速车赛优胜者的
桂冠还要美丽。

而意外地我们在
喷泉的台阶处相遇，
我们各自前往他处，在另一时刻，
经由另一条路径。

长久以来我觉得
你的腿一直出现在我眼前，
有时我甚至听到你的笑声，
但那不是你。
最后我甚至看到了你的眼睛。
但仅此一次。

我那被浸过碘酒的药棉
涂擦三次的皮肤
呈现金褐色，
印度庙宇里
跳舞女孩的肤色。
我目不转睛盯视天花板
想把她们看得更清楚，
花团锦簇的表演行列
绕行庙宇四周。

其中一位，眼睛最乌亮、
在中间的那位，
对我微笑。
天啊，
何其愚蠢的念头在我脑中翻腾着，
当我躺在手术台上
药物在血液中流动。

现在他们打开我上方的灯，
外科医生用手术刀
坚定地划开一道长长的切口。
因为我很快就苏醒了，
我再次紧闭双眼。
即便如此，我还是瞥见了

无菌口罩上方的女人的眼睛，

刚好足以让我微笑的一视。

嗨，美丽的眼睛。

现在他们已在我的血管周边进行结扎

并且钩开切口

以便让外科医生分离

椎旁肌，

露出针状刺和拱形骨。

我发出微弱的呻吟。

我侧身躺卧，

手腕被绑着

但手掌活动自如：

一名护士将它们握在她膝间，

靠近我的头部。

我紧抓她的大腿

用力让它贴近我，

像潜水者抓住细长的双耳瓶

裸身浮上水面。

就在那时，麻醉剂开始

流进我的血管，

我眼前一片漆黑。

仿佛世界末日的黑暗期

而我什么也不记得了。

亲爱的护士，你身上有几处瘀伤。

我非常抱歉。

但我在心里说：

        可惜

我无法带着这诱人的战利品

一同离开黑暗

进入光明，让其

在我眼前闪耀。

现在最糟的情况已结束，

我告诉自己：我老了。

更糟的还在后头：

我还活着。

如果你真的非知不可：

我此生颇欢。

有时一整天，有时一整个小时，

有时候只是几分钟。

我此生都忠于爱情。

如果女人的双手胜过翅膀，

那么她的双腿是什么？
我多么乐于测试它们的力量。
它们夹住你时的温柔的力量。
让那些膝盖压扁我的头吧！

如果我在这拥抱中闭上眼睛，
我就不会如此沉醉，
我的太阳穴也不会那般激烈地
鼓动着。
但我干吗该闭上眼睛？

我张着双眼
走过这片土地。
它很美——你知道的。
它对我的意义可能超过我所有爱的总和，
而此生她的拥抱恒在。
我饥饿时，
她吐出的歌词
几乎是我每日的粮食。

那些已然离去、
慌忙逃到遥远异国的人
想必已有所体悟：
世界很可怕。

他们不爱人，也不被人爱。
我们至少还能去爱。

所以，就让她的膝盖压扁
我的头吧！

这是导弹的精确型录。

地——对——空
地——对——地
地——对——海
空——对——空
空——对——地
空——对——海
海——对——空
海——对——海
海——对——地

小声点，城市，我无法听清楚河堰的低语。
而人们来来去去，浑然不察
他们头顶上飞舞着
火热的吻，
在窗与窗之间，以手传递。

嘴——对——眼

嘴——对——脸

嘴——对——嘴

以此类推

直到入夜后一只手拉下百叶窗

将目标隐藏。

在狭窄的家的地平线上，

在缝纫盒

和有着小绒球的拖鞋之间，

她腹部的炙热月亮

正快速变圆。

她已在期盼云雀的到来

虽然麻雀仍在受霜害的花朵后面

啄食罂粟籽。

在野生百里香筑成的窝巢里

有人已为小小心脏

上好发条

好让它精准运作

一辈子。

这所有绕着灰发和智慧的话题

是怎么一回事？
当生命的树丛被烧毁，
经验便无价值可言。
的确，一向如此。

在坟冢如冰雹一般涌现之后，
纪念柱被高高竖起，
四位古代的诗人
倚身柱上
在书页上书写
他们的畅销书。

水池现在空无一物，
除了几个乱扔的烟蒂，
太阳只是犹疑地揭开
被推开的石头的哀伤。
也许成了乞讨之地。

但是像那样浪掷生命
而一无所得——那事
我绝不会做。

有白天鹅的旋转木马

在铺石路变成草丛
而电线变成燕子翅膀的地方，
两盏碳化灯
在每个春天的黄昏被点亮，
入夜后被迅速吞噬，
然后古老的旋转木马开始转动。

迟来的情侣
悄悄避开明亮的水池，
在星光点点
一片漆黑的浓密灌木丛下相拥。

因为众神之中最美的
是爱。
它始终如此，而且无所不在，
不仅现身遥远的蓝绿色的希腊，
甚至来到我们糟糕的日什科夫区，
这里城市若非正要开始
就是已经结束。随你怎么想。
这里小酒馆里的歌声

持续到天明。

在角落，杂沓的马蹄声中，
一只有着贵族气息的天鹅华丽优雅地
游过，
仿佛有人将它直接从马拉美[1]的诗作里抓来。
它展开双翼。

那天下午有短暂阵雨，
连被踩过的草闻起来都是香的，
而黄昏，弥漫着清新的渴望，
缓缓溶为黑夜。

手摇琴才刚开始
摇奏一首新曲，
这时一个戴银手镯的女孩
踏进天鹅的翅膀。

我注意到她的手腕，
因为她抱着天鹅的脖子，
她的眼睛
错过我火热的目光。

---

1 马拉美（Stéphane Mallarmé，1842—1898），法国象征主义
诗人、散文家。

她终于看到我，

并微微一笑，

第二圈，她向我挥手，

第三圈，给了我一个飞吻。

仅此而已。

我等待她的下一次露面，

准备跳上去与她共乘，

但天鹅翅膀空无一人。

爱有时像野罂粟

开出的花：

你不能带它回家。

但那两盏灯嘶声大作，

像一对蛇，

面对面的蛇，

而我徒劳地追逐她，

陷入茫茫黑暗中。

有一度他们曾在墙顶发射炮弹

报知已届正午，

扰攘的城市会突然静下来两三秒。

有些女人是早晨，有些是中午，

有些是**夜晚**。

犹豫不决的手指轻柔地游荡
于羞怯的肌肤上，
直到谨慎和恐惧开始逃出我们深爱的
那些地方，
而赤裸的浪，一波接一波，
淹没我们的嘴和眼和颊，
又再次回到我们的唇，
一如回到岸。

我们的血液如是开始
流入我们的静脉，
由此到心脏，由心脏
重回我们的动脉。

对权势的贪求和对荣耀的渴望
都不像
爱的激情那样让人头晕目眩。
即或
我不在有幸
多得者之列，
我还是感激地亲吻它的脚。

有时我觉得现今的女人

也许比我年轻时见过的

更美丽，

但这只是幻觉和臆测。

只不过是苦涩的怀旧感。与遗憾。

不久前我看

穆夏[1]巴黎工作室模特儿们

发黄的照片。

这些久久以前的女人们的惊人魅力

让我喘不过气来。

两次大战，疾病和饥荒，

和一连串的磨难。

在那年代，全世界的日子都不好过。

但无论如何，

这确实就是我们的生活。

我曾向往远方的城市：

在五光十色的异国，

甚至在沙漠的边缘。

1　穆夏（Alphonse Mucha，1910—1971），捷克画家、装饰品
艺术家，赴法国求学，以其"新艺术"（art nouveau）风格海报
作品扬名巴黎。

现在它们正迅速远去，
像亘古黑暗里的星辰。
大教堂里有股寒意，
女人的微笑
如今已罕见，陌生又遥远，
有如丛林里的花。

唯渴望尚在——遂不至那么寂寞——
好奇心亦在。
我日日被它们盘问。
我感激我们的女人不必戴着
长及脚踝的面纱。
而今无情的时间催逼我，
要强行将我带往他处。

别了。我此生未曾犯任何
背叛之过。
我确知如此，
你可以相信我。

而众神之中最美的
是爱。

鼠尾草花冠
——致弗朗齐歇克·赫鲁宾[1]

正午将近，宁静

被苍蝇的嗡嗡声打断，

仿佛用钻石切开。

我们躺在萨札瓦河[2]边的草地上，

喝森林冷泉里泡过的

夏布利酒[3]。

有一回在科诺比什杰城堡[4]，

我有幸观赏

一把展出的古代匕首。

只有在伤口中，一根秘密的弹簧

才能迸出三面刀刃。

有时候诗歌也是如此。

也许这样的诗不多，

但很难将它们自伤口拔出。

1　弗朗齐歇克·赫鲁宾（Frantisek Hrubøn，1910—1971），捷克诗人。

2　萨札瓦河（Sázava River），流经布拉格南边的河流，为伏尔塔瓦河的支流。

3　一种白葡萄酒，产于法国勃艮第葡萄酒产区。

4　科诺比什杰（Konopiště）城堡，布拉格近郊著名的城堡，有"王子猎场"之称。

诗人往往像个情人。
很容易忘记
自己曾轻声许诺会温柔以待，
却以粗暴的姿态
对待最纤细的美。

他有强暴的权利。
打着美的旗号，
或假借恐惧之名。
或两者兼而有之。
的确，那是他的天职。

事件本身交付给他
一支现成的笔，
可以其笔尖将他的意念永远
文刺在身上。
不是文在乳房的皮肤，
而是直接刺入
血液悸动的肌肉。
但玫瑰和心不只是爱情，
船不只是一次航行或冒险，
刀子不只是谋杀，
锚也不只是至死的忠诚。

这些愚蠢的象征都在撒谎。

早已无法尽容真实的生命。
现实迥然有别，
而且糟糕许多。

所以醉饮生活的诗人
应该吐出所有的痛苦，
愤怒和绝望，
而不是让他的歌成为绵羊脖子上
叮咚作响的铃铛。

畅饮之后，我们
从压扁的草地上起身，
岸上一群光溜溜的小孩
跳进我们下方的河里。
其中一个小女孩，
稻草般金黄的发上
戴着湿淋淋的鼠尾草花冠，
爬上一块大石头，
在晒得温热的石面上舒展身子。

我心中大惊：
　　　　　天啊，
她已不是小孩了！

模特儿

我希望他们会用那块小毛毯将我裹住，
带我回到画室，
回到温暖的火炉边。
然后让香甜的热饮流过我的喉咙。

我现在光溜溜地站在树荫下，
好让大师
为他的冬景图
取得冷得发青的
身体的精确色调。

我听说他花了很长的时间
寻找像我这样的红发女人，
有着石板色泽、冰冷的眼睛。
如果我像老鼠一样
毛发乌亮，两眼发红，
就不会站在这里了。

他就不会把这些
透明的布幔挂在我身上了。
如此地缓慢，如此地慎重。

有一次，为了捕捉我乳房的轮廓——
是的，我有一对优质奶——
下回再如此我的大腿都要起
鸡皮疙瘩了。
每回教授稍稍后退几步，
然后更动材料的褶皱，
我就继续冻僵。

继续这样吧，你这个老蠢货！
你穿着冬天的皮靴和毛皮大衣，
而我在这儿光着身子，
只裹着一块轻薄、透明的破布。

我可以忍受背上的寒气，
但风迎面袭来，
而我前方这儿还有两坨冰团；
简直像有人用大头针
插我的乳头。

你究竟对女人的身体了解多少？
女人很宝贝她们的腹部，
当我们下面那里着了凉，
会受苦受难好一段时间。

去你妈的图画，

去你妈的总统包厢休息室！
我要为了艺术而冻死吗？
去你妈的国家剧院[1]！
你得名气，而我得肺炎。
那是最热门的死因，
而且相当常见，怕你不懂跟你说。

别站在那里思考了，快画吧，
不然我会敲下你手上的调色板，
将它踩进雪里。
你说我还不够紫？
即便我冷得牙齿打战，
就像木偶戏里的骷髅，
那还不够？

我多希望你留在你的巴黎！
你遍寻街上也找不到任何女子
愿意像这样为你摆姿势，
虽然那地方什么样的野女人都有，
她们什么事都敢做。

我希望她们来的时候带着那块小毛毯，
那块粗糙但温暖的毛毯。
我真希望她们会来。

---

1 捷克国家的代表性建筑，位于布拉格。

夜间的黑暗

直到现在，在我人生暮年
当我不能再前往任何地方，
我才晓得在波希米亚这儿
他们过去常把细长的毛蕊花
叫做太阳杖。

我还有一点时间
写这些诗，
但已不多，当我想到
夜晚的黑暗时光。

首先是那些与你共度的
甜美夜晚！
无月，无星，
树与树间的灯离我们很远，
而你，阖上双眼。

在我们回家路上唯一发亮的
是你的额头。
接着是那些我们在城里四处游荡的

灯火管制的夜晚。
所有的窗都暗了，
许多扇窗后有人哭泣
让人心碎。

在犹太人熔炉上，
在红楼后面，还有不久前
在布雷诺夫[1]这儿废弃的采石场里
那成堆成堆的花！

就像罗马士兵们
把长矛插进地里
躺在长矛旁，
或者为了多赌一会儿骰子
或者躺下睡觉。

1　布雷诺夫（Břevnov），布拉格靠西边的一个区，赛弗尔特
生前即住在这一区。

塔楼的钟声

——给西里尔·鲍达[1]

那天黄昏，当夜晚已翩然来到
门口，而塔楼飞檐上的鸽粪
看似月光，
我在马耳他广场[2]花园
聆听维瓦第的乐曲。

一个女孩吹奏银色长笛。
但一只在女孩指间的细长乐器
能藏住什么？
几乎什么也藏不住！
我有时忘了聆听。

桥下，远处的河堰水声潺潺：
连水也不愿忍受枷锁，
在溢水道里起义。

她几乎不自觉地用拖鞋脚尖处

1　西里尔·鲍达（Cyril Bouda，1901—1984），捷克画家，
布拉格查理大学教授。
2　位于布拉格小城区。

打着拍子；

用双唇吹吐出的花言巧语将古老的曲调

诱入古老的花园。

来自远方，来自南方之城，

那儿在环礁湖的水脉间，

乐声端坐于海洋的腕上。

乐声让她体内每一丝纤维震动。

缠绵缱绻的音符虽然

充满了挑逗，

那女孩的魅力当时却毫无设防，

让我不敢厚颜动手

或幻想

碰触——即便以指尖——她

羞红的脸。

在那出由黑暗与长笛，由

塔楼敲出的整点钟响声，由

躲躲闪闪的流星所构成的欢快的戏剧中，

我找到一个机会沿回旋楼梯

匆匆上楼，

我没有扶握栏杆，

拼命抓着我法国制手杖的

金属头。

当掌声渐渐停息，
你似乎可以听见
从附近幽暗的公园传来的
恋人们的低语
和踌躇的脚步声。

然而他们热烈的吻，
一如你可能知道的，
已然成为最初的爱的泪水。
世上所有伟大的爱情
都以悲剧收场。

树梢上的鸟鸣声

只有一个始终开启的小锻铁门

阻拦你进入林园 [1]

以及老菩提树道尽头的

白色凉廊。

我曾经去那里倾耳追寻

落在潮湿石板上，

诗人马哈 [2] 消逝已久的脚步声，

上方和四周

回荡着欢喜的情歌。

我知道，鸟儿弄脏了很多东西，

连勿忘草纯洁的眼睛也不放过，

有些鸟甚至潜伏于蜂巢，

谋害蜜蜂，

灵敏地除掉蜂针。

1　此诗所指之林园殆为位于捷克北部伊钦镇（Jičín）附近，现被称作"捷克天堂"或"波希米亚天堂"的捷克国家公园与自然保护区（Český ráj）。马哈曾多次至此游览并记述于其日记与诗文中。他曾在诗作中赞美位于伊钦东北约两公里处的泽彬山（vrch Zebín）是此公园区最美、最动人的景色之一。

2　指卡雷尔·马哈（Karel Hynek Mácha，1810—1836），捷克著名的浪漫派诗人。

但这是它们的王国。

三月，第一只黑鸫
在我们的窗台放声高歌，
像乡村火车月台上
信号铃的响声，
而春天已然驶离下一个车站。

林园上方是泽彬山。
山顶的指南针偏离正轨，
摇曳不定一如我心，
当我在凉廊阶梯看见
你的双腿。

在一个空房间里

乌鸦居然也是鸣禽家族的成员，
这给了我勇气，
当悲伤像令人窒息的烟雾
笼罩我的生命。
人老了，
还有什么甜美诗句。
就连纯白的雪色都让他厌恶。

但我还是想带一只
小白鸽给你。
如果你握它于手中，
它会轻啄你的手指。
我常看到它在对街的屋顶上，
可以邀它过来。
它来自远方，
来自《圣经》的《雅歌》……
温柔地将它贴近你的乳房吧，
那才是它的归属地。
但如果它与其他鸽子一同飞走，
就只是一道瞬间即逝的闪光，

有如被阳光直射的镜子。

你若不想说话，可以保持沉默，

但请微笑，

吻我时，

不但要亲脸颊

也要亲嘴唇，

我想感受你温热的气息。

我好贪心。

我记得电影院里漆黑远胜今日的

那段岁月。

影片较阴暗，而且

银幕老让人觉得在下雨。

但门上方有红灯黯淡地亮着，

以备紧急逃生用。

当时年轻人不仅

躲在黑暗的包厢里

也在后排的座椅上接吻。

我饥渴地啜饮女孩嘴里的唾液。

那像嚼槟榔汁一样令人陶醉，

但颜色深红

而且会烫伤舌头。

夜莺之歌

我是声音的采猎者
和录音带的搜集者。
我聆听猎人们以短促音波
发出猎物已死的号声。
我给你看看我的收藏。

夜莺的歌声。可说广为人知,
但这只夜莺
和聂鲁达[1]倾听过的那些夜莺是亲戚,
多少布拉格美少女那一刻为他昏头痴迷。
我的录音收藏还包括玫瑰花
初开,含苞的花蕾绽放时
放大的声音。

这里有一些阴郁的录音:
一个人死前的喉鸣。
这录音绝对真实。

---

1 聂鲁达,系指捷克诗人扬·聂鲁达(Yan Neruda,1834—1891),捷克现实主义诗人和小说家。——智利诗人巴勃罗·聂鲁达(Pablo Neruda,1904—1973)因对其仰慕,以其姓为自己笔名。

灵车的咯吱声与马蹄

触及石板路面的节奏。

接着是约瑟夫·霍拉[1]葬礼上

从国家剧院响起的庄严号角乐。

这些都是与人交换得来的。

但这卷

"我母亲棺木上的冻土"

是我自己录的。

接下去是切瓦力亚[2]和蜜丝婷瑰[3]，

以及披着一身鸵鸟羽毛的

迷人的约瑟芬·贝克[4]。

年轻一辈中，风姿飘逸的格雷科[5]和玛蒂厄[6]

1　约瑟夫·霍拉（Josef Hora，1892—1945），捷克抒情诗人，
赛弗尔特友人。
2　切瓦力亚（Maurice Chevalier，1888—1972），法国演员
与歌手，1929年到美国发展，能歌善舞，出演多部电影，其
中1958年的《金粉世界》获九项奥斯卡金像奖，他本人亦获
1959年奥斯卡终身成就奖。
3　蜜丝婷瑰（Mistinguett，1875—1956），本名让娜·布尔乔
亚（Jeanne Florentine Bourgeois），法国女伶与歌手，曾是全世
界酬劳最高的艺人。
4　约瑟芬·贝克（Josephine Baker，1906—1975），美国黑人
演员、歌手，于1937年成为法国公民，是世界上第一位黑人超
级女星，被昵称为"黑维纳斯"或"黑珍珠"。
5　格雷科（Juliette Greco，1927—），法国女伶与歌手，作家、
哲学家萨特赞赏她"喉间有数百万的诗"。
6　玛蒂厄（Mireille Mathieu，1946—），法国女歌手，以11
种语言录唱过逾1200首歌。

与她们的新唱片。

最后你会听到一对不知名的恋人
热切的低语。
是的，很难辨认出在讲什么，
你听到的只是叹息声。
然后，突然的沉默——
结束于另一个沉默——
当疲惫的两片唇
紧附着疲惫的
两片唇。

是休息的时刻，
不是吻。

是的，你说得没错：
做爱后的沉默
酷似死亡。

烟雾

在脚灯前鞠躬
并行屈膝礼,
像法国人在舞台上那样——
不, 那不是我的做法。
我才刚写出几行
关于爱的快乐诗句,
我的眼就开始找女人的眼,
我的手找她们的手,
我的唇找她们吃惊的唇。

天晓得的, 在这个国家
女人喜欢诗。
这也许是为什么诗人的叹息
不会让她们将手使劲地
压放在胸前。

当我仍年轻
还在学习如何追求女人时,
噢, 我的自负
比又蓝又粉红又金黄,

有如雷诺阿[1]的调色盘的

孔雀尾巴，

还要狂妄矫情。

我如是自欺，

快乐地来到尽头，

来到绝望，有人称之为智慧。

我真不明所以。

但那时我身后有人

在我耳边低语：

诗人的诗

就像烟雾。

如果那芬芳的烟雾

开启了通向异国、奇境之门，

让曼妙的良辰微笑地

跑来迎接我们，

看我们与快乐时光

握手——

诗为何不该也臻此境界？

1　雷诺阿（Pierre-Auguste Renoir，1841—1919），法国印象
派画家，善用鲜亮透明的色彩。

只要一首歌就足以

让人屏住呼吸，

让听见歌声的女孩们

突然哭起来。

我多想拥有此等技艺！

尤其现在，

当我年老且步履蹒跚，

话语在我齿间刺耳地摩擦着。

但倘若我聆听寂静，

勉强提笔——

你想你会听到什么？

充其量只是

雅各布·扬·里巴 [1]

割喉唱出的歌——

刮胡刀自他手中掉落，

他独自，独自一人

倚着那株松树站在

罗日米塔尔 [2] 附近的树林里。

1　雅各布·扬·里巴（Jukub Jan Ryba，1765—1815），捷克
作曲家，在罗日米塔尔（Rožmitál pod Třemšínem）一所小学担
任教师，并担任当地教堂唱诗班指挥，因贫苦和饱受敌意而在
树林里自杀。
2　捷克西南部市镇。

好，再见啦

世界上的诗有千百万，
我只为它们添了几首。
它们可能不比蟋蟀的叫声更高妙。
我明白。原谅我。
我即将鞠躬下台。

它们更非最早落于
月尘中的脚印。
如果有时它们还发出一点火花，
那不是它们的光。
我喜欢诗这种语言。

那力使沉默的嘴唇颤抖的
东西
也将使年轻的情侣们相吻
当他们漫步于金红色的田野，
在比在热带速度缓慢的
落日下。

诗从一开始就与我们同在。

就像爱，
像饥饿，像瘟疫，像战争。
有时候我的诗蠢得
让人尴尬。

但我没有借口。
我相信寻找美的词语
胜过
杀人、害命。

辑五 皮卡迪利的伞

《皮卡迪利的伞》

(*Deštník z Picadilly*, 1979)

自传

有时
当母亲谈到自己，
她会说：
我这一生忧伤而平静，
我总是踮着脚走路。
但如果我发小脾气
用力跺脚，
那些我母亲曾经用过的杯子
会在梳妆台上叮当作响，
逗我发笑。

我出生时，据说，
有只蝴蝶从窗口飞来
停在我母亲的床边，
而同一时刻，有只狗在院子里狂吠。
我母亲认为
那是不祥之兆。

我这一生当然不像她的
那么平静。

但即使当我惆怅地

凝视我们眼前的日子，

仿佛面对一幅幅空白的画框，

看到的只是一面满布尘埃的墙，

它依旧美丽如是。

许多时光让我

难以忘怀，

那些像以一切可能色彩、色泽灿开的

漂亮花朵般的时光，

那些像藏身于黑暗叶丛中的

紫葡萄般

芳香满溢的夜晚。

我热爱读诗，

酷爱音乐，

在种种美之间

跌跌撞撞，惊奇连连。

但当我初次看到

裸女画时，

我开始相信奇迹的存在。

我的生命如卷轴急速展开。

它太短暂了，

我辽阔的渴望却
无边无际。
不知不觉间
人生已近终点。

死亡很快会踢门
而入。
我会吓得停止呼吸，
然后忘了再次呼吸。

可以许我那些时间吗——
再一次亲一亲
耐心地与我一同
不断不断不断前行
且爱我至深的那人的手。

寻找翠鸟

有好多好多次诗浮上心头，

甚至在十字路口

当红灯亮起时！

怎么不会呢？

你甚至会在那么短的时间内

就爱上某人。

然而在穿越马路

走到遥远的对面之前，

我已然忘记那些诗句。

我还是可以

立即匆匆写下它们。

但从我前面经过的那女孩的

微笑

我至今依然记得。

在克拉卢皮[1] 的铁路桥下

我在儿时常爬进

----

1 捷克伏尔塔瓦河畔的一个城镇，位于布拉格北方约 16 公里处。

一株中空柳树的枝条里，
在河上方的嫩枝间
想着梦着
我的第一首诗。

但老实说，我也
常一边想着梦着
做爱和女人，
一边看着断裂的芦苇
在水面漂流。

复活节即将来临，
空气中弥漫着春天的魔力。
曾有一回我甚至看见一只翠鸟
停在鞭状的嫩枝上。

我此生
从未再见过别的翠鸟，
但我的眼睛时常渴望
能更近观那纤细之美。

当时连河水都有一股扑鼻的香味，
甘苦参半的香味，
女人的散发自肩垂落

遮住裸体的

香味。

多年后，当我将头

埋入那发中

张开眼睛时，

我的目光游入那灿烂的深渊

直向爱的根源。

我此生仅仅数次

再回到

克拉卢皮的铁路桥下。

那里的一切一如往昔，

连那柳树也如旧——

但只是我的想象。

复活节又即将来临，

空气中弥漫着春天的魔力，

河流散发香气。

因为每天在我窗下

鸟儿们大清早就开始发狂，

拼了命似的鸣唱

以淹没彼此的声音，

那些通常在黎明
到来的美梦
因此消失。

而那是我唯一可
用以抵抗春天之物。

克鲁辛先生的大礼帽

曾经有一段时间，在欧洲

如伦敦、罗马和巴黎等

众城市中，布拉格

穷得让人想哭。

除了布拉格城堡之外，它还有什么？

圣尼古拉斯 [1] 钟楼上飞过的一群鸽子，

一个观景塔

以及格鲁巴公园的酸葡萄。

巴黎领一时风骚。

窗子里有天竺葵和

廉价材料做成的一些

网眼窗帘的布拉格，

安静、甜美如一朵

野玫瑰花。

曾经有一顶高高的大礼帽

1　指圣尼古拉斯教堂，位于布拉格小城区中心，布拉格最著名的巴洛克式建筑。

常沿着伏尔塔瓦河堤走过。

它的主人是克鲁辛先生——

国家剧院的一名歌手。

这帽子有点古怪，

而我觉得它在布拉格是独一无二的。

或许除了剧场的戏装保藏室之外。

这让人想起那些伟大的魔术师们

著名的大礼帽，

他们灵巧的手指常从帽子里变出

许多穿搭在身稍嫌难看的

丝绸围巾，

最后，从帽里飞出

六只受到惊吓的鸽子。

大礼帽突然不见了，

一面黑旗从国家剧院升起。

同一时间佩特任山[1]上下了一场雨，

雨是玫瑰色的，闻起来有

少女的唇味，

爱抚般地落在青春的膝间，

几秒钟前该处还搁放着，

---

1 位于布拉格市区、伏尔塔瓦河左岸的一座山丘，是当地市民休闲踏青、瞭望城景的好去处。

被割断般，

一名头发蓬乱的少年的头。

或许当时那人就是我；

我不记得了，好久以前的事了。

布拉格从它所有的窗子向外凝望，

开心地对着自己

微笑着。

对街的斯拉维亚咖啡馆[1]内

卡雷尔·泰格[2]在前一晚裁剪了

一些双绉绸纱为年轻的诗

做春装。

再见[3]! 或者该说：晚安!

那是好久以前的事了，亲爱的。

1　布拉格最著名的咖啡馆之一，毗邻伏尔塔瓦河，在国家剧院对面，作家、诗人和知识分子的聚会之所。

2　卡雷尔·泰格（Karel Teige, 1900—1951），捷克文艺理论家，赛弗尔特好友，20世纪20年代布拉格著名文学团体"旋覆花社"的创立者之一。

3　原文为法语"Au revoir"。

手腕上的花环

我也在基督圣体节
吸着芬芳的香气，
并用春天的鲜花
在手腕上结了一个花环。
我也仰望天空，
虔诚地听着钟声。
我以为那已足矣，
但却不然。

好多好多次，疾逝的春天
用它的脚后跟鼓动繁花急急绽放
于我的窗下，
很久以前我就体认到
芬芳四溢的花朵
和艳光四射的女人裸体，
是这悲惨的尘世
最可爱的
两样东西。

灿放与灿放，

亲密无间的两种灿放。

生命匆匆逃离我，
像水从我指缝流过，
我甚至
来不及解渴。

春花的花环在哪呀！
今天，当我听到死亡之门
吱嘎作声，
当我除了与虚无太近似的某物之外
别任可信之物，
当血液在我血管里猛敲乱打
如猛击罪人之鼓，
当剩下的全是陈腐的语汇，
人类的命运
和所有的希望都微不足道，
就像长满疥癣的死狗的
旧项圈。
我夜不成眠。

而我因此听到
有人轻轻拍打
我半关的窗子。

原来只是在春天开花的

那棵树的枝丫，

而日复一日

助我拖着沉重步伐走动的

那两根手杖，

此刻已无须将它们变成

一对翅膀了。

失乐园

老犹太公墓[1]
而今是被时间践踏过的
一大丛灰色石块。
我曾在坟墓间游走，
想着我的母亲。
她以前常读《圣经》。

那些字母排成两栏
在她眼前涌现，
像伤口流出的血。
灯火摇曳且冒着烟，
母亲戴上她的眼镜。
有时她不得不将之吹熄，
用她的发夹弄直
火红的灯芯。

但当她闭上疲惫的双眼，
她梦见在上帝尚未派

---

[1] 位于布拉格的一座犹太墓地，是布拉格最重要的犹太历史
遗迹之一。

武装天使驻守前的
天堂乐园。
她经常睡着，经书
从她腿上滑落。

当年我还年轻，
在《旧约》中发现了
那些关于爱情的诱人诗篇，
还急切地寻找
谈及乱伦的章节。
那时我还不太知道
《旧约》女子的名字里
藏了那么多的柔情。

"亚大"是装饰品，而"俄珥巴"
是红色雌鹿，
"拿玛"是甜美，
而"尼可"是小溪。

"亚比该"是喜悦之泉。
但我若忆起曾何其无助地看着
他们拖走犹太人，
甚至哭泣的孩童，
我依然怕得颤抖，

一股寒意渗透脊柱。

"耶米玛"是鸽子，而"他玛"
是棕榈树。
"提尔匝"是恩典，
而"齐耳帕"是露珠。
天啊，真的好美。

我们住在地狱，
却无人敢夺下谋杀者
手中的武器。
仿佛我们心里没有
一丝人性的火光!

"耶可利雅"这个名字意思是
上帝强而有力。
然而她们双眉紧锁的上帝
俯视带刺的铁丝网，
连手指都没动一下——

"大利拉"是纤巧，"瑞秋"
是小母羊，
"底波拉"是蜜蜂，
而"以斯帖"是明亮的星。

我刚从墓地回到家，
六月的黄昏，带着香气，
在窗口歇息。
但寂静的远方不时
传来未来战争的雷鸣。
杀戮无时不在。

我几乎忘了：
"罗大"是玫瑰。
这花或许是从前的乐园
留给我们地球的
唯一的东西。

鸟儿翅膀上的窗子

即便清水，被山谷百合[1]浸泡过，
也变成有毒。
春天还不止如此！
它像中子弹
穿透活体组织，
侵染有生命的万物。
只有巨石不为所动。
顶多发现它们板着面孔的
脸色略有变化。

我曾快步走过那些
只用春风
悬系住的街牌，
急急赶往那扇独一无二、
蓝得耀眼的窗子。
鸟儿用它们的翅膀将之
载送到我身边。
每天都更靠近一点。

---

1 也称铃兰花，味甜，高毒性，为春天的花朵。

后来我的窗子关了。

有时我会看到它，

但只在闭上眼时……

而昨天秋天突然来临。

葡萄累累如业余剧团

帘幕上的

金色流苏，

随秋天前来的寂静

用墓地的母语说话：

我们生命的细流在此渐次

汇聚。

痛苦，我很熟悉，

是个邪恶又顽固的姊妹。

死亡是个神秘的东西，

我们付出恐惧的代价获得它。

窗子早被拆除，

鸟儿已飞往葡萄园。

再聆听沉默之声片刻吧，

趁眼睛还相信

矮树丛上饱满的葡萄

渴望被攫取。

男人伸手求爱，
女人欢喜尖叫。

葡萄园下方古老之河流着，
当微风调戏着
沙沙作响的叶子，
河流诱走这个国家所有甜美的水
在汉堡注入肮脏的大海。

诗人们的情人

初恋中那些愚蠢的时刻!
我当时一直相信
爱得神魂颠倒
在春日繁花中
死去,
或者魂断威尼斯狂欢节,
都会比死在
家中床上动人。

但死亡是掌管
世人所知众苦之女王。
她拖曳在后的裙裾
由临终喉间呼噜呼噜声织成
且绣上点点泪珠的星光。

死亡是悲叹的鲁特琴,
以血为燃料的火炬,
爱的骨灰瓮
以及通向乌有之门。

死亡有时是诗人们的情人。
让他们在尸花的恶臭中
追求她，
如果他们承受得住
正穿过血腥泥泞
一步步逼近的
阴暗的丧钟声。

死亡用其细长的手
滑入女性的身体，
紧掐子宫内婴儿们的脖子。
确实，他们可能进入天堂，
但全身是血。

死亡是操纵形形色色杀戮的皇后，
她的权杖
恣意挥舞战争的恐怖，
从太初到现在。

死亡是腐烂的妹妹，
毁灭和虚无的使者，
她的双手
把坟墓的重担
推上每个人的胸膛。

但死亡也只是一瞬间，

一笔划过，

没了。

月球上的五金器具

也许，谈到爱，或谈到女人，
一个人会滔滔不绝说不停，
但当我们谈到诗，
谈到诗歌之美，
谈到文字的奥秘时，
我们照样没完没了，
天啊！

有时夜色会开始泛白，
露水会等不及开始掉落下来，
当我陪着
诗人霍拉
沿着长长的普赞斯卡路 [1]
走到科西热区 [2]。

当我们经过小城区墓地
（死亡现在已不住在那里），
它就像个等候着

1　原文为"Plzeňská Road"。
2　布拉格市辖区。

棋赛的棋盘。

棋赛很快就要开始，

在黑暗和黎明第一道霞光间。

月亮，那个可爱的女士，

那晚在我们背后。

她属于浪漫主义诗人，

她的美

一代代被死者传给生者，

像一只金戒指。

她上次在马哈手上。

霍拉辞世已久，

他年纪轻轻就死了。

春天来时

在霍兴[1]村他家的花园

果树开花，

让我们想起他清脆的诗歌里

焕发的柔美青春。

我急忙前往高堡[2]，到名人祠。

1　霍兴（Hořín），捷克"中波希米亚州"的一个村庄。

2　高堡（Vyšehrad），位于布拉格伏尔塔瓦河边山丘上的城堡，建立于10世纪，里面墓园有名人祠，许多捷克艺文名家皆葬在于此或获立碑匾。

我有一把钥匙。

进去后，敲了敲壁龛里有着

他名字的牌匾。

四下是坟墓的寂静。

只有一次，我想

我听到一声轻叹。

我依然常去他生前喜欢的

一些地方，

感觉自己仿佛抚摸着

一张风情万种的天鹅绒。

我以前常坐在

帕绍[1]主教图恩·霍恩施泰因伯爵[2]墓旁，

他跪在小城区墓地，

双手交扣，

已经一百五十年了。

也许并非只我一人在那里。

的确不是，

1　位于德国东南部巴伐利亚州的城市，以帕绍为中心的教区
是最古老的天主教教区之一。

2　图恩·霍恩施泰因伯爵（Thun-Hohenstein），系指第73
任帕绍教区主教利奥波德·莱昂哈德·雷蒙德（Leopold
Leonhard Raymund，1748—1826）。

当突然间一阵春雨

从傍晚的天空降下。

我们躲在墓地门口附近的

瘟疫教堂里：

门没有关，

唯被风所掩。

月光从有裂缝的窗户

坠入教堂，

如此苍白而绚烂、绚烂而苍白，

照亮一张羞怯的脸。

光冰冷如

死者的手，

但女孩的嘴唇很烫

而且有雨滴的味道。

那一刻全世界再无其他

更美之物。

主教大人啊，也请

为我祈祷！

这几年发生了多少

变化啊！

教堂早被拆除，

雨不再为我而降
在亲密时刻。
连月亮，如今蹑手蹑脚
走进我长方形窗户，
也不同于前。

人类的一只脚第一次
踏在她身上那刻，
她已然死去。
几分钟之前，当
带着工具的男人降落于
她冰冷的裸体时
她就死了。

如今我们在天空中看到的
只是一颗死卫星，
它陨石坑的下巴
反复咀嚼着虚无。

她把她被撕下的玫瑰色面纱
缓缓拖曳过天空
在天泥上踩着它们。

她继续绕地球而行，

但不再像天地初创时，如今

已无任何实质意义，

倒备有那些快乐的美国人

留下的

全套五金器具。

与天使战斗

天晓得是谁先编造出

那阴郁的图像

而且把死者说成

在我们周边四处漂泊的

活幽灵。

然而那些幽灵真的在这里——

你一定找得到。

这些年来，我身边已围聚了

为数众多的一群。

在它们当中我反倒成了

迷途者。

它们阴暗，

当夜幕低垂

而我只身一人时，

它们的沉默与

我的沉默合拍。

在我有所偏差时，

它们不时稳住我书写的手，

并吹走让人痛苦的
邪恶。

它们当中有些十分朦胧
而且黯淡，
我渐渐看不到远处的它们。
然而，其中有个幽灵是玫瑰红色的
且流着泪。
每个人一生之中
都会有这样的瞬间：
眼前的一切突然变黑，
他热情地渴望自己手里
抱着一个笑容满面的头。
他的心想与另一颗心
系在一起，
甚至以密针紧紧缝合，
然而他的嘴唇能做的只是
触压子夜乌鸦在
女神雅典娜像上的落脚点，
当它不请自来飞入造访
一名忧郁的诗人。

那就叫做爱情。
好吧，

也许就是这样！
但鲜有持久的爱情，
更别说如天鹅那般
至死不渝了。
爱情往往接二连三出现，
像你手中几组同花色的纸牌。

有时那只是一阵愉悦的震颤，
更多的时候是漫长又难熬的痛苦。
在另一些时候，全是叹息和眼泪。
甚至枯燥厌烦。
那种爱最为可悲。

以前有次我看到一个玫瑰红色幽灵。
它站在布拉格车站对面
一栋房子的门口，
永远被烟雾缠裹着。

我们往昔常坐在窗旁。
我握着她的纤纤玉手
谈情说爱。
我善于此道！
她早已过世。
下方轨道旁

红灯亮起。

一旦稍稍起风，

灰色的面纱就会被吹走，

而铁轨闪耀

如一台巨大钢琴的琴弦。

有时你也可以听到蒸汽的呼啸声

和引擎的噗噗声，

当它们载着人们悲凉的渴望

从肮脏的月台

驶向各种可能的目的地。

有时它们也载送死者

回到他们的家，

回到他们的墓地。

现在我知道为什么

让手与手、唇与唇

分开会这么痛——

当缝线被撕裂

而警卫砰然关上

最后一扇车厢门的时候。

爱情是一场与天使抗争的永恒战斗。

从早到晚。

毫不留情。
对手往往强过你。
而可叹啊，那竟不知
他的天使没有翅膀，
也不会为他祈福的人。

皮卡迪利[1]的伞

如果你对爱已智穷力竭，
不妨再试谈一场恋爱——
比方说，和英国女王。
何乐而不为！
她的肖像印在那古老王国的
每一张邮票上。
但是，你若邀她
到海德公园[2]约会，
铁定会
空等一场。

如果你还有点脑筋，
就会理智地告诉自己：
当然啰，我知道：
今天海德公园会一直下着雨。

旅英期间

1　皮卡迪利（Piccadilly），伦敦一条繁华的大街。维纳斯
（Venus），爱神之名，也是金星之名。
2　英国最大的皇家公园，位于伦敦。

我儿在伦敦的皮卡迪利为我买了

一把雅致的伞。

现在只要需要，

我头顶上就有

自己专属的小天空，

虽是黑色的，

但在它绷紧的金属骨架上

可能流动着上帝的恩慈，

宛如电流。

即使没下雨，我也会撑开我的伞，

让它像天篷一样

遮盖我放在口袋里随身携带的

那本莎士比亚《十四行诗集》。

然而有些时候，

宇宙火花四射的花束却也让我惊恐。

虽然美丽非凡，

其浩瀚无垠却威胁着我们，

像极了

死亡的永眠。

威胁我们的还有那成千上万颗

虚无又酷寒的星辰，

在夜里以闪闪微光，

迷惑我们。

我们命名为维纳斯的那颗星
恐怖至极。
它的岩礁正在沸腾，
山脉如巨浪
不断隆起，
燃烧的硫黄落下。

我们老是问地狱在哪里。
就在那里！

但若要对抗宇宙
一把脆弱的伞又有何用？
更何况它不在我手边。
仿佛夜行的蛾在白日
依附着粗糙的树皮，
我受够了
这样紧贴地面
一路前行。

我毕生都在寻找
人间曾有之天堂，
却只在女人唇上

以及她们因爱情而温暖的
肌肤的曲线里
发现其遗迹。

我毕生都向往
自由。
终于发现了通往自由
之门。
就是死亡。

如今我已年迈，
某个迷人的女人的脸庞
仍不时在我眼睫之间飘动，
她的微笑依然让我热血翻搅。

我羞怯地回过头去，
想起了英国女王，
她的肖像印在那古老王国的
每一张邮票上。
天佑女王！

是啊，我很清楚：
今天海德公园会一直下着雨。

十一月的雨

入眠以后的人在夜里全无防备!
当残酷且没头没脑的梦
攻击他,
他在睡梦中求救。
但这些只是破了好几个洞的口袋里
无用的硬币。

我不喜欢那些夜间之事,
当黑暗开始叙述
昨日的险遇。
梦从黑暗中飞转成阴影,
它们无法忍受日光。
没有手能控制其缰绳,
缰绳上的铃不会鸣舞。
它们一声不吭。

半醒半睡做梦
快乐些。
我可以随意召唤任何人,
即便那些告别我们已久的

我心所爱的人。
他们欣然来会，
借那些短暂时刻
延长他们的生命。

下雨天，十一月。
我坐在火车上，在去墓地
探望故友的路上。
雨滴溅在车窗上，
车窗玻璃像一面有波纹的镜子。
有一个女孩的
脸，从镜面对我微笑。

——咦，我几乎把你忘了，
你还对我微笑？

——我早已不再嫉妒任何人，
早已不在乎任何希望。
在你眼中，我依旧年轻如昔，
我死了，但一点都没变老。

我不再存活，我什么也不是，
我此际能给你的只是甜蜜的回忆。
它也许会像一口酒一样使你发热，

但不会让你醉。

也不会一觉醒来头痛想吐。

——你还记得吗？

我彻夜读你的诗。

有时公鸡的叫声

催我上床睡觉。

——我不会再为任何事感到羞耻：

是我自愿来会你，

我自己解开胸衣。

拥抱我。

死人也需要一点爱，

他们还要走很远的路才会

抵达永恒的尽头。

——如果哪一天你想到我，

给我写一些诗。

我很想知道写什么。

火车缓缓进站，

女孩的脸隐没于车窗上的

水滴间，不见了。

当我离开车站大厅

我没有注意看路，
撞到了好几个人。

两天后我对着她额际的枯发
低声念着这些诗。

一封未完的信

雨水整夜拍打窗户。
我无法入睡。
于是开灯，
写信。

如果爱情会飞，
当然这不可能，
而且不那么常贴近地面，
被爱的微风环抱
会是让人欢喜的。

然而有如被激怒的蜜蜂，
嫉妒的亲吻蜂拥扑上
甜美的女体，
一只急切的手紧握
它所能触及的一切，
欲望永不衰退。
在狂喜时刻，即便死亡
也不足为惧。

但谁曾经计算过
究竟有多少的爱
投入一双张开的手臂！

给女人的信件
我总是用鸽邮传送。
我问心无愧。
我从未将它们托付给雀鹰
或苍鹰。

我笔下的诗句不再起舞，
像眼角的一滴泪，
文字踌躇不前。
而我此生，已至尽头，
如今只是一趟快速的火车之旅：

我正站在车厢的窗边，
日复一日
加速回到昨天，
与哀愁的黑雾为伍。
有时我会无助地抓握
紧急刹车。

也许我将再次见到

女人的微笑：
像一朵匆匆摘下的花
困在她的睫毛上。
在那双眼睛消逝于黑暗之前，
也许我还可以
送给它们至少一个吻。

也许我将再次看到
一个纤细的脚踝：
像一颗用多情的温柔
镌刻而成的宝石。
这样我可能会再次
因渴望而险些窒息。

人还能留下多少东西，
当火车无情地驶近
忘川站，
那儿栽植了闪闪发光的水仙，
置身其香味中让人忘却一切。
包括人间的爱。

那是终点站了：
火车不再前行。

辑六 二十世纪八十年代诗作

《身为诗人》

（*Býti básníkem*，1983）

* 未结集作品

身为诗人

此生我领悟此已久矣——
音乐和诗是
生活所能给予我们的
世上最美的事物。
当然，除了爱情之外。

在帝国印刷厂
于弗尔赫利茨基[1]过世那年
所出版的一本旧教科书里，
我查寻有关诗学与
诗歌修辞学的章节。

然后我把一朵玫瑰放进玻璃酒杯，
点了根蜡烛，
开始写我的第一首诗。

尽情燃烧吧，文字的火焰，
翱翔吧，

1　弗尔赫利茨基（Jaroslav Vrchlický，1853—1912），捷克重
要诗人，赛弗尔特曾编辑其作品集。

即使烫伤我的手指！

一个惊人譬喻的价值胜过
手指上的戒指。
但即便普赫马耶尔[1]的押韵字典
对我也派不上用场。

捕捉灵感不成，
我用力紧闭双眼，
希望能听到那神奇的第一行诗句。
但黑暗之中，我见到的不是文字，
而是一个女人的微笑和
随风飘动的发丝。

从此那成了我的命运。
终此一生
我气喘吁吁、摇摇晃晃地朝它走去。

1　普赫马耶尔（Antonín Jaroslav Puchmajer，1769—1820），
捷克诗人，词典编纂者，语言学家。

起于老壁毯的诗

布拉格！
只要见过她一面，
她的名字就会在你心中
不停回响。
她自己就是一首织进时间里的歌，
我们爱她。
哦，让她不停回响吧！

当我年少时，
我那些青春美梦
像飞碟一样
在她屋顶上空闪闪发光，
然后不知所终地消失了。

有一次我把脸
贴在城堡庭院下方
一处古城墙的石头上，
我的耳中，突然
响起一阵阴沉的轰鸣。
那是往昔数百年岁月的吼声。

然而近郊"白山"[1]
湿润、柔软的泥土
在我耳际轻柔地低语着：

出发吧，你将心醉神迷。
唱吧，他们正等着呢。
不要说谎啊！

我前行，而且没有说谎。
除了对你们，我的恋人们，
说了一点点。

1　白山（Bílá hora），在布拉格西郊。1620 年 11 月 8 日在此
发生了"白山战役"，两万名波希米亚方的新教部队，被两
万五千名天主教联军部队所击败。这场战役结束了"三十年战
争"的波希米亚阶段。

巴赫协奏曲

我从来没有在早上晚起过，
早班电车会叫我起床，
或者经常被自己的诗唤醒。
它们把我从羽绒被中拉出来
到我桌前，
我揉了揉眼睛
它们就叫我写。

被甜甜的唾液紧黏在
面临独一无二时刻的双唇间，
我无意让我悲惨的灵魂
获得拯救，
也不渴望永恒的至福，
我求瞬间即逝的
短暂喜悦。

钟声想把我从座位抬起却徒劳无功：
我用牙齿、指甲紧掐住地面。
满地芬芳
且无限神秘。

夜里当我凝视天空
我并不寻求天堂。
我更怕那些在
宇宙边缘处的黑洞，
它们比地狱
还恐怖。

但我听见大键琴声。
是一首协奏曲，
为双簧管、大键琴和数字低音，
约翰·塞巴斯蒂安·巴赫所作。
从何处来，我不知道。
但显然不是来自地上。

我虽然没喝酒，
但身体有点摇晃：
得稳住我自己
和我的影子。

夜间的嬉游曲 [1]

　　不很快的快板
天色渐黑。但别开灯。
我喜欢在黄昏注视
　　　　　　你的双眼。
告诉我吧！维也纳近来如何？

他们的市场还贩卖
一束束薰衣草吗？
那来自千禧年年底
逝去之爱的芬芳。
从前我母亲常常将它放在衣橱里
防飞蛾。

在维也纳他们依然狂舞，
跳到枝形吊灯摇晃吗？

1　此诗歌赞音乐神童、作曲家沃尔夫冈·阿马多伊斯·莫扎特
（Wolfgang Amadeus Mozart, 1756—1791）。莫扎特 35 岁去世，
但无人知道他葬身何处，据说几位送殡的朋友受雷雨所惊，无
人抵墓地。维也纳的中央公墓有一块墓碑，刻有莫扎特的名字，
谓"莫扎特大概埋葬于此"，意指非尸体埋葬处，只是纪念墓。

女人怎么样了？

        漂亮的维也纳人

依然如此乐意又温柔地

以唇就唇

只为了让爱情的刺

陷得更深

直达心中吗？

还有，这里也常有

这样的事发生。

        你不信？

它甚至就发生在我身上，

而且是在从布拉格开往柏林的

夜快车上。

那么男士们怎么样了？他们依然不知道

他们多可耻地草草埋葬了

他们的阿马多伊斯，

那位天使中的音乐天使，

上帝宝座梯级上

最前面的歌者。

在世人面前

他们依然只是稍感羞愧吗？

        ——那我就不清楚了。也许吧。

维也纳的生活依然

以两三个微笑的差距

优于从前帝国里的

　　　　　　其他任何地方吗？

维也纳依然和从前一样

柔似天鹅绒吗？

——再也不是了。

　慢板

你相信梦境吗？

　　　　　——我早已不相信了。

我也已经自梦中醒来，

而今行走在坚实的地面上。

　　　　然而！

你那本有纪念性的梦之书呢？

　　　　——我好久没翻阅

那本书了。

我此生一无所获，

除了忧伤。

还伴随着一些眼泪。

　　　　然而！

诗人们对此有何说法？

——他们只会说谎！

我认识其中一位。

他夜里不曾梦见什么，

睡得像块木头。

但是早晨醒来

穿上拖鞋时，

他会讲述一个奇美无比的梦境。

我不易入睡，

不知不觉睡着后

发现自己置身千奇百怪之境。

它们有时让我惊恐，

即便是最佳状态也令人不悦。

我从不曾在自己的梦里

漫步于玫瑰花丛中。

然而！

即便如此，我仍感激夜晚

赐予我那些罕有的时刻，

让我得以在平静之中，在黑暗之中

与此生爱过的

死者重逢。

对啊，即使在我们的国家
有时还是有奇迹发生！

死者从天晓得的地方到来，
我们之间没有死亡阻隔。
但他们很快就再次离去，
前往天晓得的地方。
无论如何呼唤，也唤不回他们。

死亡
又一次伫立于我们之间。

　小步舞曲的速度
然而昨晚我还是做了
一个美梦。
深夜传来一声敲门声，
接着悄然无声，
仿佛我卧房门的材质
不是木头，
而是不会发出声音的棉絮。
我醒了
而访客进来了。

你知道《费加罗的婚礼》吗？

——那当然。

是凯鲁比诺 [1] 呢!

你一定知道这角色

必须由女歌者演唱,

化妆室的化妆师

费力地

束绑女性的胸部

塞进紧身外衣里,

这样她们的美貌才能

尽量不被察觉。

阿勒玛维华伯爵 [2]

浑然不知,

但是我满心欣喜地观察这一切,

尽管我常担心

那些束带可能会断裂,

在歌者高歌

而必须吸气之时。

凯鲁比诺坐在我扶手椅子

1　莫扎特歌剧《费加罗的婚礼》(*Le Nozze di Figaro*)中的一
男童仆角色,通常由女高音饰演。
2　《费加罗的婚礼》中的主要反派角色。

的保丽龙坐垫上，
轻轻地
　　　　有如一只蝴蝶
停在柔滑如丝的花朵上。
一些喷出的粉末
撩搔我的鼻孔。

对我发誓——他低声说，
弯身凑近我的脸，
以便轻声低语——
绝不泄露半句
我对你吐露的心事。

我立刻欣然立誓，
明知
自己发了假誓。

全世界都相信
莫扎特的尸体
被弃置于维也纳公墓的
贫民墓穴。

但是布拉格曾深爱他。
因此他——他的音乐

已然进入这座城的屋檐下，
在这里快乐生活，
在跨过熟悉的门槛时
更加快乐——
也长眠于此！

何其有幸，即使在我们的国家
有时还是有奇迹发生。

莫扎特并非葬于善变的维也纳。
他的墓在布拉格
佩特任山腰上。

现在坟墓已崩塌一半。
年代久远！
而无人知晓此事。
墓前方竖立的不是十字架而是
茉莉花丛，
墓上是一片蓝色紫罗兰。
四周的草撒满了
金子……

　　抖擞的快板
我张开眼睛时，

未听到他最后说的话。
我立即再紧闭双眼
以便继续做梦。
　　　　　但徒劳无功。
凯鲁比诺并未回来。

我起身，大概是清晨时分，
赶往佩特任山。
在人们抵达前，
鸟儿已睡醒
唱罢歌曲。
长凳上的露珠
尚未有人碰过。

我轻而易举就找到了坟墓，
凭借着它的紫罗兰。
那点点金黄
原来是一些可怜的樱草花。

我用指尖触摸草地
并且划出几个小十字架，
当我们想问候死者
并且跟他说话时，
通常都这样做。

我现在知道为什么附近的长凳

　　　　如此受人喜爱，

尤其是恋人们，

为什么此处的鸟儿

歌声如此欢愉。

山底下，布拉格开始复苏。

莫扎特曾爱过她。

美丽的罗莉[1] 躺在马哈的脚边，

　　　　布拉格也如是

躺在莫扎特的脚边。

1　罗莉（Lori），本名艾莉奥诺拉·萨默科瓦（Eleonora Šomková，1817—1891），19世纪捷克女诗人，是捷克著名浪漫派诗人卡雷尔·马哈的未婚妻。17岁时，业余女伶的她遇诗人马哈，但在他们预定的婚礼两日前，马哈过世。

查理大桥[1]上所见

雨早已停歇。

在我躲避暴风雨的

摩拉维亚[2]朝圣教堂里

他们正唱着圣母颂歌，

让我舍不得离去。

我以前在家常听此曲。

神父在台阶上跪拜之后

离开祭坛，

管风琴如泣如诉的乐音已趋沉寂，

但朝圣的群众静止不动。

数分钟后跪拜者才起身，

然后唱着歌，

　　　　不回头地，

全体一起后退

到敞开的正门。

1　查理大桥（Karlův most），位于布拉格市内，第一座跨越伏尔塔瓦河的桥梁，始建于 1357 年，完成于 15 世纪初，最初称为 "石桥" 或 "布拉格桥"，直到 1870 年才命名为查理大桥。

2　捷克东部地区。

我从未再回到那里，从未
再站在菩提树的树荫下，
那儿白色的旗帜在
蜜蜂嗡嗡叫声中摆动。
我想念布拉格
即便只是短暂逗留于
她的墙外。

日复一日我心存感激地
凝视布拉格城堡
　　　　　和它的大教堂：
我无法将视线扯离
那景象。
　　　　　它是我的
而我也相信它是奇妙的神迹。

至少它为我选定了我的命运。
每当暮光落在
　　　　　布拉格的窗上，
星星隐现于半透明的黑暗中，
我听到她古老的声音，
我听见诗歌。
若无那声音，我将沉默无语

如名为几维[1]
的无翼鸟。

有些时候城堡
          和它的大教堂
壮丽而阴郁，
仿佛它们
是用从月球取来的
悲凉岩石建构而成。

但瞬间后，布拉格的塔楼
再次被光芒
          和玫瑰
还有那编织爱情的甜美幻想
所环绕。

我沿着街道轻快地走着，
我玫瑰红色的冒险
与恋情与其余一切
都埋葬于被时间焚毁后的
明亮灰烬底下。

---

1 一种无翼鸟，新西兰特产。

距皇家大道[1]几步之遥处

有个黑暗的角落，

黄昏时头发蓬乱的妓女

会出现在路人面前，

引诱青涩的少男

进入她们贫瘠的子宫，

一如当年的我。

现在那里四下阒静。

只有电视天线出没

于屋脊间。

然而每当我踏上查理大桥的

人行道，

就会想起朝圣教堂里的

那些朝圣者。

在这座桥上漫步

       是何等的幸福！

即便眼前景象常因自己的泪水

而变得晦暗模糊。

1　布拉格中心地区的一条主干道。

我们日什科夫区的圣母

当五月终于来到，

而春天

把花一般绚丽的光芒

倾倒在公共住宅屋顶上，

我的母亲会跪在

圣普罗科皮乌斯教堂 [1]

向圣母祈祷。

在五月她觉得离圣母最近。

她蜷缩于祭坛前

看起来像一团被谁

扔弃的衣服。

——我在为你祈祷呢，不知感激的小孩！

但我心里笑着。

我喜欢学校的拉丁文课。

我们正在读维吉尔，

我脑中回荡着罗马诗人们

1　捷克境内萨扎瓦河畔的一座哥特式教堂。

诗句的节奏。

我也开始写诗。

一边走路一边唱歌。

轻声地，难听地。

我讨厌数学。

而每次老师要我们写一篇文章，

我都很害怕，

翻来覆去，彻夜

难眠。

有时我想到祈祷，

但很快就去除此念。向上天求助

是丢脸的事。

直到有一天有件事情

真的让我怕到了。

极度恐怖之事。

我想记我母亲的信仰

在心里头仔细盘算了一番：

只是假设万一如此！

没多时我登上冰冷的石阶一步步

走到日什科夫区教堂，

走到摆设着百合花的祭坛。

百合花气味到了我的舌头变成苦的，
像蒲公英
乳白的汁液。

我急忙请求圣母
垂怜！
垂怜，且介入，
好让我爱的女孩，
才刚十八岁，
绝望无助地走来走去，
不吃不睡，
难过流泪，
宁可死，
也不想，天啊，怀孕。

圣母雕像无动于衷地
凝视着我的眼睛。

但几天后，祭坛上的花
闻起来
和以前一样香。

而我的嘴唇再次享受
遍遍飘飘然之吻的美味。

信号塔

——给弗拉迪米尔·尤斯特尔 [1]

秋天来了，在葡萄园梯田上
一只孤单的蝴蝶
在结实累累的葡萄间拍动羽翼，不断寻找
一朵孤单的花。
我不清楚别的国家如何，但此地
所有的诗人都爱葡萄藤。

当时我少不更事，
有时在外逗留到很晚，
我会在旧城的狭窄街巷间
溜达片刻。
当沿墙而立的妓女
彼此尖声喊叫时，
我会低声
朗诵情诗，
觉得自己仿佛飘浮于
明亮银河系里
熟悉之星座的星子间。

1　弗拉迪米尔·尤斯特尔（Vladimír Justl，1928—2010），捷克文学史家、戏剧专家、文学编辑。

夜晚一个接一个地离我们
无忧无虑的生活而去，
宛如凋萎的玫瑰花瓣，
飘落过暗黑的往事之门，
一切皆不复返，除了
半透明的回忆。

我当时相信诗歌，永远欢乐，
像守护天使般看顾着我，
赤着脚
陪我摇摇晃晃走过尘土和泥泞。

我当时应该跪下，
跪在地面，
　　　　　我的归属地。
虽然它夜以继日照看着我，
但却无一物可以守护。

在春天我有时会攀过佩特任山
走路回家。
公园整晚开放，
到处都撞见情侣们。

在某个春日早晨
　　我疲倦地

坐在芬芳的凉亭下
沾有露水的长凳上。

眼前是我十分喜爱的景色：
黎明时逐渐湿润的
收拢的雾帘后方
是大教堂和布拉格城堡。
城堡还在酣睡着。

我将头倚在手臂上，
凝望数尺之外
一株开花的树。
玫瑰尚未绽放，
夜莺没有听众。

但就在那一刻
　　　　我左思右想追索久久的
一些诗句在我脑中显形。

第一行诗柔声细语，
　　　　第二行随后
接续吟唱，
然后第三行以及第四行
以闪亮之韵的
优雅环扣衔接。

那是为你而作的歌，亲爱的：
它比你那环颈三圈的
珍珠项链还要美丽。
我打算在清晨
将之当成小礼物放在你膝间，
答谢你耐心的爱。

诗作完成后，
我快速起身，
沿着城墙
赶忙回家——
我的家在花园的
野蔷薇和铁丝网间，
附近是窥伺我窗内的
信号塔。

我快速坐在桌前，
拿起笔。
　　　　　但天啊！
我当下竟连一行也想不起来！

那些关于那个曼妙早晨的诗句——
我至今仍在苦苦寻觅。

拆迁报告

——给瓦茨拉瓦·斯梅伊卡尔 [1]

看起来似乎房子会跪下

求饶，

但那通向阁楼的白色楼梯

（它的扶手

曾导引我到那扇心爱的门），

如今已崩塌

像碎裂的十诫石板。

而我童年时期的喷泉，

在那边角落里，

像一座腐坏、无弦的竖琴，

轻轻颤动，

瞬间被一片黑云吞没。

爆炸迅速炸开

易燃的记忆。

它们像被泼上汽油般燃烧起来，

---

1 瓦茨拉瓦·斯梅伊卡尔（Václav Šmejkal，1902—1941），
捷克诗人、散文家、小说家，生于布拉格，1941 年 12 月死于奥
地利毛特豪森（Mauthausen）集中营。

当我冲出去时，

它们追赶着我。

几步之遥是大家以前常在那儿

跳舞的"丁香树"[1]。

门上挂着一块镶金边的

大红色布帘，

门柱上缠绕着纸玫瑰。

有时乐队会在花园里演奏，

音乐声传向四面八方，

闭上窗户也听得到。

一切都早已逝去，

魔鬼夺走了它。

幸好，舞蹈未停，歌声

依然悠扬。

亲爱的，你也仍在我身旁，

微笑。

对着我笑吧，直到

我离世。

1　此处作地址名。

幕间剧之歌

如果有人问我
诗是什么，
我会愣住好几秒。
但我知之甚深！

我反复阅读已故的诗人，
他们的诗不时
照亮我的路
像黑暗中的火焰。

然而生活并非踮着脚悄然行走，
有时摇摇晃晃
踩过我们身上。

我时常四处求索爱，
像一个失明者
在树枝间摸索，为了
一识他的手殷殷期盼的
苹果的浑圆。

我知道诗

力量足以驱一切地狱之魔，

足以掀开天堂之门。

我常对着一双双惊讶的眼睛低声念诗。

无足为奇地看他们举起柔弱的手臂

以爱的拥抱

勒住恐惧！

但如果有人问我的妻子

爱是什么，

她也许会失声哭泣。

给画家奥塔·雅纳切克[1]的诗

在我年轻时我常常渴望
成为一名画家！
我会画那些美丽
如星空的女人。
但我却一直与文字对阵，
至暮年犹是。

我还没想到该怎么动笔成诗，
连一行都没，
还没点起我的烟斗，
奥塔·雅纳切克已经画好
一个迷人的裸女。

那女孩睫毛上有黑火花，
眼睛里有蓝火花。
画家还没将画纸从簿子撕下，
我已经爱上这女孩，
从头到脚。

1　奥塔·雅纳切克（Ota Janeček，1919—1996），捷克画家，
赛弗尔特友人。

有多少女孩和女人在他柔和的线条里

一丝不挂地浮现，

        如此率真、赤裸！

当我看着他那些画稿时

画家笑了，

因为我饥渴的眼睛无法尽餐

其秀色、魅力。

她们是由温柔和纤细构成，

        由喜悦

以及像欢笑声般

在花瓣上颤抖的

露珠，

当小公鸡在早晨开始歌唱

而花朵绽开。

第二天，我在布拉格四处闲逛。

所有欧洲古城

在春天都美极了……

那是傍晚时分，

街上人流如潮。

我不时惊讶地停下来。

我确实看过那张脸！
但我无法接受的是
大自然有时会越过
画家的肩膀看东西。

唉，我的路途
很快将尽。
那总是不让我们追赶上的地平线
已停下来等我。
是一叹置之的时候了：别了……

窗前灌木丛里的鸟鸣，
花香：
终须一别啊，心爱的眼睛。
它们都像星辰般陪我走过
此生。

但当我此刻回顾此生，
我觉得
它们可能是值得为之活的
仅有的东西。

译后记

我求瞬间即逝的短暂喜悦……
——阅读赛弗尔特

捷克诗人赛弗尔特（Jaroslav Seifert，1901—1986）于 1984 年 10 月获诺贝尔文学奖。这是瑞典学院首度将此奖项授予捷克作家，授奖理由如下："他那饶富新鲜感、官能之美和丰沛原创性的诗作为人类的顽强不屈和多才多艺提供了自由无羁的形象。"得奖那年，他八十四岁，是 20 世纪 30 年代崛起的捷克诗人中硕果仅存的一位。他是捷克现代诗坛上的"首席长者"，被视为在多数西方国家已式微的一个文学类型的象征——国民诗人。

诗歌在捷克有广大的读者，虽然捷克大约只有一千万人，但捷克诗人出版的诗集，销售量却往往是别国诗人，譬如说美国诗人的好几倍，也就是说在捷克诗集的购买率可能五十倍于美国。在捷克，诗歌被视为一种普遍的日常活动，著名诗人的名字家喻户晓，作品广被引用和讨论。诗人受一般百姓尊敬，也为社会名流所推崇；主政者寻求他们的声援，也畏惧他们的反抗。赛弗尔特病重之时，群众自发性地聚集在他屋外，安静地站着，表达关怀与敬意。

群众期望捷克诗人对日常事件（譬如爱情、自然和死亡）表达深刻的情感，也对重大的公共议题发表看法；他们等候诗人以诗作评论国家大事，譬如 1937 年马萨里克（Tomáš Garrigue Masaryk）总统过世，1939 年捷克斯洛伐克被纳粹德国占领，以及捷克历史上接二连三的标志性事件。

从赛弗尔特的诗作中，我们可以发现悠久的捷克文学史上几个特别显赫的时期：中世纪、17 世纪、19 世纪上半叶的浪漫时期，以及 19 世纪晚期。在20 世纪前半期，抒情诗主导着捷克文坛，一大票重要诗人都写出了杰出作品，这些作品若以英文、法文、德文这类世界通用语言写成，或许早已享誉国际。同时期也出现一些杰出的小说家——如恰佩克[1]、哈谢克[2]和万楚拉[3]，但捷克文学的主要活力全

1　指卡雷尔·恰佩克（Karell Čapek，1890—1938），捷克作家、剧作家和评论家，以科幻作品闻名。

2　指雅罗斯拉夫·哈谢克（Jaroslav Hašek，1883—1923），捷克幽默作家、讽刺作家和社会无政府主义者，代表作有《好兵帅克》。

3　指弗拉迪斯拉夫·万楚拉（Vladislav Vančura，1891—1942），捷克作家、剧作家、电影导演，其作品受表现主义流派影响，语言丰富而具实验性。

都汇集到了诗歌。

捷克现代诗的特色是自由联想的意象和浓烈的情感。它们十分着重于捷克语的声韵之美——元音和子音的类型，元音的长度、重音——因此很难译成其他语言再现其妙。这也是赛弗尔特的诗作未能更广为流传的原因。

为爱发声：
赛弗尔特生平与文学历程

赛弗尔特于 1901 年 9 月 23 日出生于日什科夫（Žižkov），布拉格近郊的一个工人阶级居住区。终其一生，他喜欢回忆在此度过的那段童年——有强烈无产阶级气味的小镇，多户合住的公共住宅，铁道，阳台，酒馆，特有的方言或俚语。赛弗尔特的母亲是天主教徒，父亲是无神论者和社会主义者，赛弗尔特和他们感情很好。他的父母虽穷，但并非衣食匮乏，尚有能力供赛弗尔特进入中学就读。他中学未毕业即离开学校，开始记者生涯，投身文学。

在第一次世界大战尚未结束而捷克斯洛伐克仍隶属于奥匈帝国之时，少年赛弗尔特写出了他的第一首诗。他早期的诗作说教意味浓，对无产阶级和无政府主义者深表同情。1918 年 10 月，捷克斯洛伐克独立，赛弗尔特加入社会民主党的左翼派，成为1921年成立的捷克斯洛伐克共产党的创党成员之一。

　　赛弗尔特的第一本诗集《泪城》通常被认为是所有捷克诗歌里最具无产阶级色彩的作品。在此诗集的《开卷诗》里，他向世人宣告他创作的动力源头——为家乡发声："这城镇是／一幅瘦骨嶙峋的苦难图像，／是矗立在你眼前的巨大实体。／读者，你打开的是一本朴实无华的书——／我的歌在此起飞。……／但只要我的任何一个兄弟／还在受苦，我便无法快乐，／我将激烈反抗一切／不公不义，持续／倚着工厂的墙，唱出我的歌，／即使烟雾让人窒息。"赛弗尔特将革命视为能带给穷人未来之幸福的源头，人民的嘉年华会，而不是有组织的政治行动和暴力。他如是刻画出任何人都不该受压迫的美好愿景：

　　　　高尚的读者，当你读到这些诗行时，
　　　　请思考片刻，将这记下；
　　　　你眼下瘦骨嶙峋的图像
　　　　是这城镇。
　　　　啊，人觉得自己就像一朵花：

　　　　不要采他，不要折断他，不要践踏他！

在他心中，爱的力量比仇恨强大。在《罪恶之城》，赛弗尔特说人类丑恶的罪行已然超过上帝所能忍耐的极限，但他曾许诺不会摧毁他的城，"即便只为两个义人"：

> 工厂老板，拳击手，百万富翁，
> 发明家与工程师之城，
> 将军，商人与爱国诗人之城，
> 挟其黑色罪恶，已然超过上帝愤怒
> 　的界限：
> 上帝因而震怒。
> 千百次他威胁要对这城市报仇——
> 硫黄、火与雷电之雨倾盆而下，
> 而千百次他又生怜悯之心。
> 因为他牢记着他曾应许的诺言：
> 他不会摧毁他的城，即便只为两个
> 　义人，
> 而上帝的诺言当常具其效力：
>
> 就在这时一对恋人走过公园，
> 呼吸着花正开的山楂树丛香味。

末两行清楚说明了爱情，对赛弗尔特而言，即是美善的种子，足以与革命行动的激情抗衡，这也是他在作品中展现的诗人特质始终高于政治家特质之因。

赛弗尔特有些早期诗作质朴不造作，坦率直白，已然十分出色。赛弗尔特的现代主义派朋友们——泰格、诺伊曼[1]——助他脱离早期的无产阶级诗作的诗风，领他进入前卫的艺术圈子。1920年，赛弗尔特与一些艺术家和作家成立了名为"旋覆花"（Devetsil）的文学团体。"旋覆花"是一种药草或野花的名字，捷克文"Devetsil"字源则有"九种力量"或"九股势力"之意，因为此团体创始成员刚好九位。

在20世纪20年代，赛弗尔特的生活和作品与此一重要团体以及名为"诗歌主义"（poetismus）的文艺运动紧密联结。在旋覆花社创社宣言的一段文字中，我们可略窥其野心勃勃、自负满满、斗志高昂的理想：

> 在今日所有的人类创作的前面，矗立着重新改造世界的巨大任务……诗人和思想家与革命战士并肩而立。他们的任务是相同的……通往明日的道路只有

1　指斯坦尼斯拉夫·科斯特卡·诺伊曼（Stanislav Kostka Neumann, 1875—1947），捷克诗人、文艺评论家和翻译家。

一条。……昨日的艺术——无论我们称之为立体主义、未来主义、俄耳甫斯主义或表现主义——认为"物自体"是美的且认为那已足够。

"物自体"是源自德国哲学家康德（Immanuel Kant）的哲学基本概念，指他自己臆想的一种存在于人们感觉和认识之外的客观实体。旋覆花社主张超越"物自体"的观念，朝无产阶级、共产主义的方向前进。"诗歌主义"是新创之词，有"纯粹诗"的意思，致力于此运动的"诗者"（poetist）视诗歌为非逻辑的联想和随兴的游戏，视追求生活享受为自由人的一个标志。"诗歌主义"认为生活本身即是一种艺术形式，希望所有的艺术都受其庇护。其崇高但模糊的理想目标是让生活与艺术融合为一，这样，在遥远的未来，艺术即是生活，生活即是艺术。此理论的主导者是赛弗尔特的好友泰格。

对赛弗尔特和他的朋友们而言，20 世纪 20 年代是这样一个蓬勃时期：他们浸淫于诗歌、新闻、艺术和政论的青春洋溢，具挑衅力，有时甚至爱出风头，但始终精神旺盛。这群结伴而行的年轻男女经常在咖啡馆和酒吧聚会，辩论艺术与人生，继而创作出卓越的艺术和文学作品。他们以创新、大胆和激进者自居。（事实也是如此。）

"诗歌主义"追求关联性的松绑：譬喻和意念应该更自由地展现；诗应该是运用文字传达的想象游戏。在赛弗尔特此时期的诗作里，连续性与指涉的清晰度变得模糊或全然裂解，一如我们在美国诗人卡明斯[1]作品里所读到的。1925年的诗集《无线电波》里《香烟的烟雾》这首诗是佳例：

　　　　毒蛇的咬啮

　　　　有毒的苍白月亮

　　　　诗

　　　　黑人和猴子的病

　　　　而这病倦怠的

　　　　柔软枕头

　　　　夜晚的冰床单

　　　　当邪恶的热病降临

　　　　香烟的烟雾

　　　　徐徐向上

　　　　阿尔卑斯山的游客

　　　　太阳和深渊

1　卡明斯（e. e. cummings，1894—1962），美国诗人、画家、散文家、作家和剧作家，20世纪美国最重要的诗人之一。

险峻的峡谷上方

勃朗峰峰顶

云端玫瑰的

高空特技

升到星星的高度

倦怠之枕

喝下它们

诗

　　"诗歌主义"运动也弥漫着其外在环境的氛围：古城布拉格抒情、阴郁的自然景色，河流、桥梁、公园、历史建筑和教堂散布其间。赛弗尔特诗作中对布拉格的描述尤其丰富。

　　赛弗尔特为多家报纸和书评杂志写文章，包括共产主义刊物。他也在布拉格的共产主义书店和出版社工作，并于20世纪20年代晚期担任一本共产主义画刊的编辑。处女诗集《泪城》出版于1921年。在20世纪20年代，他持续发表诗作，也翻译俄国象征主义诗人布洛克（Alexander Blok）以及法国诗人魏尔伦（Paul Verlaine）和阿波利奈尔的诗作。赛弗尔特和泰格一起长途旅行，从维也纳到北意大利、马赛、巴黎，而且二度重游巴黎。在1925和1928年，他造访苏联，亲睹苏维埃社会主义施行的实境，颇感失望。1926年出版的诗集《夜莺唱歌走调》呈现的是一个清醒了的诗人，其意识形态的激情已被亲身体验所浇弱。他认为诗人有义务呈现醉心革命的黑暗面和其宿醉的丑态。在《莫斯科》一诗，他描写昔日帝国风华不再，字里行间尽是衰颓、喟叹、败亡的低迷氛围：

无酒的空杯，
向往日下降的旗帜，
一把剑，召唤着松落
它的那人之手。

腐烂的戒指，发霉的冠冕，
芬芳犹在的项链，
死去的沙皇皇后或女沙皇碎裂的礼服，
无眼的面具，死与诅咒之貌。

沙皇的苹果，权力的象征，
发红又发烂地躺在地上。
完结了，在金黄穹顶下完结了，
死亡看守着历史的坟场。

赛弗尔特在20世纪20年代晚期开始意识到旋覆花社已丧失原本所坚持的价值。后来，他在不同的刊物——譬如《社会主义民主日报》(*Právo lidu*)——当过短期的记者和编辑。他写了多本诗集，编选19世纪捷克诗人维捷兹斯拉夫·哈列克[1]和扬·聂鲁达[2]的作品。

在《信鸽》《裙兜里的苹果》《维纳斯之手》等诗集中，赛弗尔特显现了他对声音之美的独到运用：他的诗每每浓度高，具有歌一样的特质，注重声音的诸多面向（声调、韵脚、谐音和头韵）。诗集《信鸽》延续了赛弗尔特对诗歌的新体悟。诗的主题越来越转而聚焦于人生普遍经历的"失去"：随岁月的流逝体验到的童年的失去；即便在人生最热情充沛的时刻也不时闪现的死亡的踪影。"失去"存在于每一个人生转折处，但每一次失去都意味着复苏的莅临，此种复苏不啻是一件礼物，即便它也终将消失。《歌》一诗可说是此诗歌态度的典型之作：

> 挥一挥白色的手帕，
>
> 在我们道别之时；
>
> 每天总有事物消逝，
>
> 总有美好的事物消逝。

1　维捷兹斯拉夫·哈列克（Vítězslav Hálek，1835—1874），捷克诗人、作家、剧作家、记者，其诗作多以捷克乡村劳动人民的生活和自然风光为主。

2　扬·聂鲁达与哈列克同为19世纪50年代捷克进步团体"五月派"（Májovci）的代表诗人。

信鸽振翅扑击长空，
归返；
无论希望满载或落空，
我们都会归返。

擦干你的泪水，微笑，
即便眼睛浮肿，
每天总有事情发生，
总有美好的事情发生。

而在《蜡烛》《维纳斯之手》以及《你的肌肤
白皙如雪铃花》这些诗作中，我们可感受其精致、
轻盈、抒情的诗艺：

你的肌肤白皙如雪铃花，
而嘴巴芬芳如玫瑰。
一切情话都已嫌单调，
我该怎么借重它们，而
今我正等候着你的回答
并且焦急地想得到它。
你的肌肤白皙如雪铃花，
而嘴巴芬芳如玫瑰。

但别到头来把我骗了，

让蒙住你双眼的恐惧

快快消散，看啊——

一如去年下的雪。

你的肌肤白皙如雪铃花，

而嘴巴芬芳如玫瑰。

1930 年左右，赛弗尔特诗作中精湛的如歌的技巧到达巅峰。他使用规则的分节形式、精巧的押韵和反复出现的叠句。此一时期他最喜爱的诗作题材是女人的温柔美丽以及爱情的短暂易逝："而那只是我嘴边的风罢了，/ 我若想在它掠过时 / 抓住它无形的衣衫，/ 将是徒劳。"（《一百次无事》）

1937 年，他在诗集《八日》(*Osm dní*) 里表达多数捷克斯洛伐克人民对他们首任总统马萨里克——象征第一个捷克斯洛伐克共和国之民主和独立精神的哲学家和政治家——去世的忧伤。下一本诗集《熄灯》(*Zhasněte světla*，1938) 是诗歌日志，记录捷克斯洛伐克人民内心的激动与愁苦，当国家饱受希特勒统治下的纳粹德国的威胁，当贝奈斯 (Edvard Beneš) 总统下令受人民热情支持、整军待发的捷克斯洛伐克军队弃守边界。

1939 年 3 月，捷克斯洛伐克的剩余领土被纳粹军队占领。赛弗尔特在纳粹德国占领时期和第二次世界大战期间出版了三本诗集——《披光》、《石桥》(*Kamenný most*, 1944)和《一头盔的泥土》——鼓舞国人刚毅、有尊严地存活下去。他的诗表达了对祖国、对布拉格、对捷克语言的爱，赢得捷克民众的肯定。1939 年至 1945 年，他俨然是非官方的国民诗人。为了纪念 1945 年 5 月第二次世界大战苏德战争中的"布拉格起义"的烈士们，他写下《给布拉格》：

尽管只用言语表达，我是如此深爱着你，
我最美丽的城市，当你掀开整个
斗篷，绽露出你紫丁香的妩媚；
那些持刀拿枪者留下更多对你的描述。

是的，它们很丰富，令我们动容落
泪，日日，为我们的面包添加咸味。
我们耳中响起死难者的声音，
死难者们正义、谴责的声音。

他们躺在市街的人行道上，
直到我入土前，我将永感
羞愧，那一天未与他们同在。
辉煌的城市，勇者中的勇者，
你将恒久铭记于人类的历史上：

那一天彰显了你的美与荣耀。

他高唱《故乡之歌》：

> 美得像陶瓷上一朵烧绘的花
> 是我的祖国，我的故乡，
> 美得像陶瓷上一朵烧绘的花，
> 芬芳有如你刚刚切开的
> 可口面包卷上的糕屑香。
>
> 无数次感到沮丧，失望，
> 你还是重新回到她的怀抱，
> 无数次感到沮丧，失望，
> 你还是回到这丰饶美丽之土，
> 这穷如采石场春天的地方。
>
> 美得像陶瓷上一朵烧绘的花，
> 沉重得有如我们的内疚，
> ——我们无法将之淡忘。
> 当最后的时刻来临，她
> 苦涩的泥土将是我们的眠床。

他忧伤但不丧志地为《利迪策的死者》低吟泥

土之歌，哀恸之歌，恐惧之歌，寂静之歌：

> ……令人惊愕，随微弱的
> 最后一口气的消逝，更形深沉，
> 一首咏叹这个民族所有荣光的歌，
> 在他们无名的坟上我们今日默立。

> 现在云雀之歌，清亮祥和，
> 像往常一样自平原扬起——
> 而玫瑰，忧郁的玫瑰
> 虽遭践踏蹂躏，依然开满坟头。

　　1945 年 5 月，捷克斯洛伐克重获自由，赛弗尔特再度活跃于新闻界。然而 1948 年 2 月后，他受到抨击，社会写实主义的拥护者在报章杂志对他大肆诽谤。他不再公开露面；他只出版了他编辑的捷克作家的作品集以及他的译作——他所翻译的《圣经·雅歌》是特别杰出的译本。

　　但 1954 年后，拜文化"解冻"之赐，他的旧作选集（加入一些新的诗作）开始出版。1956 年，他站在捷克斯洛伐克作家联盟第二届代表大会的讲台上演说："愿我们真正成为国人的良知。请相信我，我们恐怕已有好几年不是如此：不是群众的良知，百万人的良知，甚至不是自己的良知……倘若任何人继续保持缄默，不说出真相，他就是在撒谎。"

赛弗尔特呼吁，受不公不义之害者应获得赔偿。这位在 20 世纪二三十年代以柔性抒情诗著称的诗人而今成了公民意识以及公义的代言人。赛弗尔特的演说，一如他当时的外在形貌，留给听众深刻的印象。他拄着拐杖，举步维艰；但当他坐下时，看起来就像一块峭壁：坚实牢固，不可动摇。

因重病潜沉十年之后，赛弗尔特以令人惊异的全新诗风复出文坛。在 1965 年出版的诗集《岛上音乐会》以及后来的诗作中，他舍弃先前歌谣式（但有时易流于矫揉）的声调、押韵和比喻，改采简单、无修饰、叙述性，但不时迸现灵活动力的自由诗。《恋人们，那些夜晚的朝圣者……》一诗即是佳例。此诗描写一对恋人夜间野外幽会，喻之为"夜晚的朝圣者"——寻欢做爱的恋人们果然飘飘欲仙，如达天国圣境。这首赛弗尔特六十几岁之作，可谓古今最美情诗之一，语言幽默而不雕琢，全诗想象力华美，极富情趣。诗人将闪闪群星比作神祇偷窥人间的钥匙孔，真是妙喻：

　　　恋人们，那些夜晚的朝圣者，
　　　从黑暗走进黑暗
　　　　　到一个空的长凳，
　　　把鸟儿们弄醒。

只有老鼠们——与柳树下
池塘边那只天鹅为邻——
偶尔会打扰到他们。

点点钥匙孔在天空中闪闪发光，
而当一朵云将它们遮住
有人手触门把，
一只期望窥见某样秘事的眼睛
徒然凝视着。

——我不介意打开那扇门，
只是我不知是哪一扇，
而且我怕不小心看到什么。

至此，这对恋人已一起倒下
亲密地抱在一起，
处于那种失重状态
正激动、不可思议地摇晃着。

雾跳着舞，以雏菊、
鸟粪和铁锈为花环，
　　　他们摆动的斗篷
依然发红，因相形失色的夜空。

但是那两位，唇对唇，

依然飘飘欲仙，越过天阙

　　不似在人间。

——当你开始下坠时，紧抓着我，

并且拿好你的围巾！

　　1968 年 8 月，苏联以武力介入捷克斯洛伐克的民主运动，让当时重病在身的赛弗尔特情绪激动，他自病床起身，叫了出租车，到作家联盟大楼。具有人道主义精神、勇于对抗检查制度的赛弗尔特被选为作家独立联盟的代理主席，一年后，此联盟解散。孤立又生病的赛弗尔特持续创作，他的诗作以打字机打出，以地下出版的方式发行，每回数百本。他住在布拉格的郊区，为造访的人提供帮助，为他漫长的诗人生涯撰写回忆录。这本回忆录是真实记载布拉格的文化生活的百科全书。赛弗尔特在其中融入了他六十年来与捷克作家、艺术家和新闻记者来往的生活细节。

　　1968 年至 1975 年，他在捷克只出版了几本旧作的选集，但他的一部分新作被刊登于海外出版的捷克文刊物上。1976 年 8 月 16 日，在给德国小说家伯尔（Heinrich Böll）的一封公开信里，赛弗尔特请他支持一个遭关押的捷克摇滚乐团。几个月之后——1977 年 1 月，捷克斯洛伐克反体制运动的重要文件《七七宪章》(*Charta 77*)起草并发布，赛弗尔特是发起人之一。同年，捷克流亡出版社在西德发表了赛弗尔特的长诗《瘟疫纪念柱》。

历经多年，赛弗尔特的新作终于又可在捷克境内出版。1981 年，他的捷克语版回忆录《世间众美》(*Všecky krásy světa*)在加拿大多伦多和西德科隆出版，而一个书名相同，但经过删修的版本，也于 1982 年在布拉格出版。

赛弗尔特因病痛必须多次进出医院，因此他后期诗作里（譬如《如果一个人能够告诉自己的心……》《夜间的黑暗》《自传》《手腕上的花环》《一封未完的信》《给画家奥塔·雅纳切克的诗》等诗）经常触及死亡和孤寂，语调变得深沉、忧郁，且带悲观、虚无色彩。年轻时的赛弗尔特曾在《变形记》一诗里戏谑、魔幻地说：

没有棍棒，老年就残废无力，
而棍棒能变成任何一样东西
在这无止歇的奇异的游戏，
也许变成天使的一双翅翼，
此刻张得很开，欲腾空飞行，
无形，无痛，像羽毛一样轻。

而年老的赛弗尔特在《皮卡迪利的伞》一诗里
悲凉地说：

但若要对抗宇宙
一把脆弱的伞又有何用？
更何况它不在我手边。
仿佛夜行的蛾在白日
依附着粗糙的树皮，
我受够了
这样紧贴地面
一路前行。

我毕生都在寻找
人间曾有之天堂，
却只在女人唇上
以及她们因爱情而温暖的
肌肤的曲线里
发现其遗迹。

我毕生都向往
自由。
终于发现了通往自由
之门。

就是死亡。

诗的语调或许有变，但经历两次世界大战、国家被占领、同胞被奴役、生命受威胁、人性尊严受摧残的赛弗尔特，依然展现苦中寻乐、为更美好的生存而努力的信念。

1984 年 10 月获得诺贝尔文学奖后，全世界的目光终于转向他。来访的电视团队和报社记者络绎不绝。他继续写诗，但因病毒性肺炎再度住院。他的英译诗选编译者、康奈尔大学教授乔治·吉比安（George Gibian）描绘最后一次到赛弗尔特的病房探视他时，赛弗尔特像往常一样机灵，有活力，和蔼可亲。他对许多事情都很感兴趣，无论远近。他问起美国的生活，朋友们，政治，戈尔巴乔夫（Gorbachev）；他讲述他在布拉格，在巴黎，年轻时和近日所遇到的趣事和劫难。正是这样的赛弗尔特，才能从另类角度写出《哈雷彗星》这般有趣的诗——一般人站在地面仰望星空，他则攀升到太空的高度俯视星空和人间：

下方地平线上的教堂尖塔
　　看似用亚银铝箔纸
剪出的图案，
而星星在它们上方浮潜。

1986 年 1 月 10 日，赛弗尔特去世。捷克失去了它在 20 世纪 30 年代所孕育的杰出诗人群的最后一名成员。他不是短暂划过诗坛的流星，而是留名世界文坛的恒星。

赛弗尔特诗艺：
美的信徒，感官世界的痴迷者

赛弗尔特终其一生都对物质世界之美感到着迷。他含蓄又不矫饰地用他对生命的爱和他的愉悦感染读者。他是感官世界的诗人，不是超验、苦恼、恐惧或焦虑的世界的诗人。他不是学识渊博或智慧卓越的诗人，而是一个实实在在、深入民间的诗人。引他注意与赞美的，不是理论和抽象概念，而是具感官之美和丰富情感的生命价值，《姑娘们的内衣之舞》是极佳的诗例：

> 十二件姑娘们的内衣
> 晾在一条绳子上，
> 蕾丝的花边在乳间，
> 仿佛哥特式教堂的玫瑰窗。

上帝啊，

请保护我不受邪念所侵。

十二件姑娘们的内衣，

那是爱啊，

阳光闪耀的草坪上纯真姑娘们的嬉戏，

第十三件，一件男衬衫，

那是婚姻啊，

终结于私通与一声枪响。

飘进飘出拨弄姑娘们内衣的风，

那是爱啊，

我们的尘世被其香柔之气环抱：

十二个空灵的身体。

那些由轻盈的空气做成的姑娘

正舞跃在绿色草坪上，

风轻柔地形塑着她们的身子：

胸部，臀部，还有腹部那儿一个浅

　凹——

快张开啊，我的眼睛！

不愿打扰她们的舞蹈，

我从那些内衣膝下轻轻溜开，

但万一她们哪一个跌倒了，

我会贪婪地将之吸进我的齿间，

咬她的乳房……

　　爱情无疑是他重要的诗作题材，也是生活动力的源头。他的诗集《无线电波》里一首四行诗作《哲学》如是说：

记得哲人的金言：

人生只不过一瞬。

但等候着和情人相会时，

每一回都是永恒。

　　而同一本诗集里另有一首歌赞爱人乳房、流传极广的图像诗妙作《算盘》：

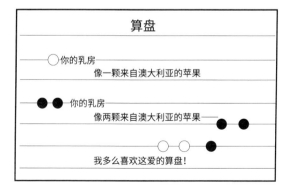

对他而言，爱的力量是足以和死亡抗衡的：

当我因痛苦而崩溃
并且死神已然舔着手指
嗅寻
血液发出的微弱红光时，
那与我最亲近的女子前来
跪在我身旁，

　　弯下身子，
用她持久的吻将她的气
吹进我的肺，像救溺水者一般。

而原本已离去的他
　　再次睁开眼睛，
死命地用双手紧抓
　　她的肩膀和头发。
没有爱情，或许活得下去——
但没有爱情地死去
　　会让人彻底绝望。
（《如果一个人能够告诉自己的心……》）

诚如捷克批评家扬·弗拉迪斯拉夫（Jan
Vladislav）所言，布拉格的巴洛克宫殿向赛弗尔特
诉说着爱情，诉说着可以抚触的柔软的女人肌肤。

布拉格的庭院、巷弄、大门、廊道和花园也呼应着他诗作中反复出现的另一个渴望：人类对和谐与满足的向往。

他像个毫无罪恶负担的人，善良、温柔地接收生之欢愉。赛弗尔特和煦如阳光的诗人性格——和莫扎特有许多共通点——在20世纪是十分罕见的。他心怀感激地享受人生，此种向阳的个性倾向建立在两个重要的基础上：对别人苦难的悲悯之心，以及温和的自我嘲讽。

赛弗尔特对受苦之人的关怀十分显著地表现在他对在第二次世界大战中饱受苦难之犹太人的牵挂。纳粹屠杀犹太人之时，他写诗表达可怖之感与怜悯之心。他多次触及此一题材，有时穿插于附带引述之中，有时当作主要主题书写，譬如《结尾的歌》一诗，讲述的就是一名死于纳粹集中营的犹太血统的捷克小女孩亨德蕾（Hendele）的故事。赛弗尔特不书写苦难，反而采用轻快的叙事与对话交错的方式，告诉我们死亡二十年后的亨德蕾已长成漂亮的年轻女子：

> 请听：关于小亨德蕾。
> 她昨天回到我身边，
> 她已经二十四岁了。
> 像书拉密女一样美丽。

她穿着一件灰色松鼠皮衣，
戴着一顶雅致的小帽子，
脖子上系了一条
淡烟灰色的围巾。

亨德蕾，这衣饰跟你多配啊！
我还以为你死了，
而且你变得更漂亮了。
真高兴你能来！

你大错特错啦，亲爱的朋友！
我已经死了二十年，
这一点你很清楚。
我只是回来见你一面。

诗人没说出口的是：残酷的战争夺走了这本该
属于她的美好未来。犹太人的命运从未远离赛弗尔
特的内心。他所指涉的时间范围很广，从《旧约》
到布拉格的古犹太墓园，到我们的年代。他不是只
述说犹太人的苦难，也呈现深植于犹太传统之中的
喜悦与爱的能量；他翻译《圣经·雅歌》，也经常
在他的诗作里提及犹太女人的美丽与微笑。

在赛弗尔特的人生哲学里有无政府主义的成

分，他抗议一切损害生活的可能性，抗议人类沦为任何机器——政治机器或科技机器——的齿轮或傀儡。所以在繁华的城市，他内心牵挂着受到不公不义对待的故乡同胞；在科技日渐发展的年代，他觉得太空上面只有"会将你逼疯的 / 荒芜的空虚和寂寥。/ 以及让人绝望的浓密黑暗。/ 以及可怕的黑色寒气"（《天文台的圆顶》）。他怀念儿时最纯粹、天然、原始、温暖、直接的生之兴味："但当我们还是幼童 / 而且有以手臂环抱我们颈间的时候，/ 那些开启的门的后头何其美好。/ 那儿晾着尿布，/ 绵羊在门槛边，/ 公羊，母羊，小羊互相挤来挤去，/ 脖子伸得长长的。……// 一种温暖来自胸前的呼吸，/ 爱也让我们暖呼呼的，/ 一切都是香香的——/ 青苔，干草，麦秆，还有另一样：妈妈的乳汁。// 对啊，那是世上最好的东西。// 而在屋顶上方，伸手可及之处，/ 有颗星星。"（《天文台的圆顶》）诚如他在《世间众美》一诗结尾所示："就连这只小蝴蝶也藏有真理，/ 它，从还没破茧前就开始啃啮诗集，/ 将飞向太阳，它承载的真理胜过 / 写在一页页纸上诗人的诗句。/ 而这是无人可以否认的事实。"在《瘟疫纪念柱》一诗，他幽默地以图表方式让冰冷的战争武器和爱情的亲密接触形成对比，讽刺手法令人印象深刻：

这是导弹的精确型录。

地——对——空

地——对——地

地——对——海

空——对——空

空——对——地

空——对——海

海——对——空

海——对——海

海——对——地

小声点，城市，我无法听清楚河堰
  的低语。
而人们来来去去，浑然不察
他们头顶上飞舞着
火热的吻，
在窗与窗之间，以手传递。

嘴——对——眼

嘴——对——脸

嘴——对——嘴

以此类推

直到入夜后一只手拉下百叶窗
将目标隐藏。

反讽——尤其是自我贬抑的讽刺——是赛弗
尔特诗作的另一个特色。1945 年 5 月他曾面临立
即被德国人处决的威胁，死亡当前，他想的不是宗
教或形而上的课题或宇宙的可怕，而是孩童时期的
他在公厕墙上看到的一幅不雅却让他着迷的女人画
像，以及住在附近公寓的人正在煮什么当午餐。他
没有虚伪的骄傲，无须摆出英雄的姿态。他不断告
诉我们他是多么地不像英雄。躺在手术台上、麻醉
药奏效前的赛弗尔特，脑袋里闪现的是女人的形影，
不安分的手还捏伤护士的大腿：

我那被浸过碘酒的药棉
涂擦三次的皮肤
呈现金褐色，
印度庙宇里
跳舞女孩的肤色。
我目不转睛盯视天花板
想把她们看得更清楚，
花团锦簇的表演行列
绕行庙宇四周。

其中一位，眼睛最乌亮、
在中间的那位，
对我微笑。
天啊，
何其愚蠢的念头在我脑中翻腾着，
当我躺在手术台上
药物在血液中流动。

现在他们打开我上方的灯，
外科医生用手术刀
坚定地划开一道长长的切口。
因为我很快就苏醒了，
我再次紧闭双眼。
即便如此，我还是瞥见了
无菌口罩上方的女人的眼睛，
刚好足以让我微笑的一视。
嗨，美丽的眼睛。

(《瘟疫纪念柱》)

正因为赛弗尔特从不妄自尊大或浮夸傲慢，所以他的诗也表现出一种不容以自欺的方式歌颂喜悦和美的决心。玩世不恭的和怀疑的态度总是近在眼前。赛弗尔特随时准备戳破气球，尤其是他自己的。在他的回忆录里，他回忆十六岁时曾见到一名双乳裸露的妓女，对她深深着迷，让他从此眷恋女人之美。但他也强调她住在妓院里，由一名邋遢的老妇人监管，那里有只肥胖的老鼠拖着肮脏的东西爬过门槛。赛弗尔特坚持呈现生活的各种面向。

随时削断自己奔放的情感与热望，对赛弗尔特似乎是自自然然之事，但基本上他并无推翻或否决之意。他或许会取笑自己青春期的浪漫梦想和多愁善感，然而，他称之为年轻气盛时对女人的头发和乳房的"一跛一跛"与"东倒西歪"的迷恋，以及年少奉诗歌为圣物时对诗歌的崇敬，始终是生命中的两个支柱。他以此为豪并持续追索，即使反讽已成功进驻其中：

> 让我可以在女人芬芳撩人的魅力里
> 摇摇晃晃地多流连一会儿：
> 它将我们拉近又将我们带离，
> 　　有求又拒绝，
> 催促又抑制，
> 　　击倒又高举，
> 捆绑又放开，
> 　　爱抚又夺命，
> 是翼也是锚，
> 　　是脚镣也是光芒，
> 是玫瑰也是利爪——啊始终如此。

（《如果一个人能够告诉自己的心……》）

赛弗尔特往往以密友的口气和读者说话，仿佛
他和他的读者是有着共通的文化和生活态度的同志，
因此他的诗作和回忆录里常出现"当然"和"诚如
我们所知"这类插入式字句。他的诗充满了与捷克
文化相关的指涉，从历史事件纪念日，到布拉格的
雕塑和地标建筑。他述说时，仿佛认为所有的人都
知道莫扎特在布拉格时住在哪里，作了哪些乐曲，
或者谁是卡雷尔·马哈，他的爱人叫什么名字。

赛弗尔特作品背后的诗歌传统有两大渊源：第
一，捷克的主流诗人——包括 19 世纪浪漫派诗人
卡雷尔·马哈，以及在捷克有众多读者、在国外鲜
为人知的诗人，譬如卡雷尔·埃尔本 [1]、扬·聂鲁达
和雅罗斯拉夫·弗尔赫利茨基；第二，法国的诗歌
大师——其中多位的诗作赛弗尔特曾译过，包括魏
尔伦、波德莱尔（Charles Baudelaire）、桑德拉尔、
苏佩维埃尔 [2]、阿波利奈尔等人。康奈尔大学吉比安
教授认为赛弗尔特的作品融合了亲密、抒情的捷克
诗歌传统，也深受法国超现实主义和 20 世纪捷克

---

1 卡雷尔·埃尔本（Karel Erben，1811—1870），捷克诗人，
诗作常以捷克传统与民俗为主题，代表作是诗集《花束集》
（*Kytice*）。
2 指于勒·苏佩维埃尔（Jules Supervielle，1884—1960），法
裔乌拉圭诗人和作家，曾三次获得诺贝尔文学奖提名。

诗中情欲书写的影响。他说赛弗尔特的诗风仿佛美国诗人弗罗斯特[1]和卡明斯的综合体。

赛弗尔特的诗风历经数变：从初期为时颇短的无产阶级阶段，经过漫长的现代主义阶段，到最后二十年的简单、平易、对话式的阶段。但萦绕其一生的事物显而易见：他诗作的重要主题自始至终都是爱情和女人之美，布拉格和捷克的命运，以及感官之欢愉和生之喜悦；次要（但亦重要）的主题则是死亡、哀伤和痛苦，巴黎和法国文化，还有莫扎特。在《如果你称诗是……》一诗中，赛弗尔特扼要但具体地回顾了他诗作的几个重要主题：

> 如果你称诗是歌
> ——人们常常如是说——
> 那么我已唱了一辈子的歌。
> 我与那些一无所有者一同前进，
> 他们勉强糊口，
> 我是其中一员。
>
> 我歌唱他们的苦难，
> 　　他们的信仰，希望，
> 我与他们一起经历他们

---

[1] 指罗伯特·弗罗斯特（Robert Frost，1874—1963），美国诗人，获过四次普利策奖，被称为"新英格兰的农民诗人"。

所经历的一切。体认其苦
其缺，其勇，
与贫困之悲。
每一次他们的血流出，
都喷溅我身。

它总是澎湃地流动着
在这四处是美丽河流，草地，蝴蝶
与热情女子的土地上。
啊，我也歌唱过女人。
为爱所眩惑，
　　我一生颠簸，蹒跚，
被落地的群芳或
大教堂台阶绊倒。

　　20 世纪 60 年代，当赛弗尔特转而写作亲密的、
几乎如书信般的无韵诗时，情欲依然是其重要的主
题，只是明显笼罩着磨难、痛苦、死亡和忧郁的阴
影，《我只有一次……》即是一例：

地狱，我们都知道，无所不在
且用两条腿走路。
　　但天堂呢？
天堂很可能只是

我们久候的

一个微笑，

        以及低声说着我们名字的

双唇。

再而就是那短暂的眩晕时刻

当我们获准暂忘

地狱的存在。

　　他晚期看似普通的诗作其实并不然。在散文似的叙事之中，存在一种奇异的张力。赛弗尔特会突然迸出辛辣、强烈的字眼或诗行，在前后笔触较轻柔的段落的对比之下，它们的力道变得更强。我们原本预期读到的是一首平易近人，甚至陈腔滥调的内容，却随即以独创的手法让我们大吃一惊，改变了我们对先前段落的看法。它们是创新的、非直线前进的，而且要求严格的作品。1967年的诗集《哈雷彗星》中这首描绘古城布拉格罗马式建筑古迹，有两座名为"亚当""夏娃"白石尖塔的《圣乔治教堂》，即是极耐人寻味之作——既赞美了家乡布拉格，又想象并偷窥了情窦、蓬门初开的少女因爱含羞之美：

　　假如白色的圣乔治教堂

　　突然发生火灾，

　　　（上帝不容！）

火烧后的墙壁将会是玫瑰色的。

甚或其双塔——亚当与夏娃——也是。

较纤细的那座是夏娃，女性通常如此，

尽管此乃女性此性别微不足道

　　的荣耀。

炽烈的火焰会让石灰石泛红。

就像初吻后的

少女们一样。

在 1983 年出版的最后一本诗集《身为诗人》中，赛弗尔特重现早期诗作的声韵之美，或许有意向对他创作有启蒙之功的民间诗歌致敬，并借此总结自己的诗歌生涯。在《查理大桥上所见》这首诗里，我们看到他再次触及他最常书写的主题之一：布拉格，并且传达出他在诺贝尔文学奖获奖演讲词中所提到的诗带给心灵的悲怆和抒情这双重质素：

在这座桥上漫步

　　是何等的幸福！

即便眼前景象常因自己的泪水

而变得晦暗模糊。

在某次访谈中，赛弗尔特曾扼要阐述了诗歌、感官之美和自由的关联，他说：

> "我的源头是无产阶级，而且有很长一段时间我自认为是无产阶级诗人。但随着年岁增长，人会发现不同的价值观和不同的世界。对我而言，这意味着我发现了感官之美……所有的言语都可被视为一种获得自由的努力，努力感受自由的喜悦和感官之美。我们透过语言追求能表达我们内心深处的想法的自由，这是一切自由的根本。在社会生活中，它最终体现为政治自由……当我写作时，我努力不说谎：仅此而已。一个人若无法说实话，也要保持缄默，不可说谎……
>
> 诗具备了我们描述世上经验时所需的那种细腻与微妙。我们用人的声音说话，让诗歌自身直接触动我们，让我们感觉整个人融入其中。"

他固然知道"诗 / 力量足以驱一切地狱之魔，/ 足以掀开天堂之门……"（《幕间剧之歌》），而且"诗人必须始终在喧哗的语词 / 所隐藏的东西之外，/ 多说点什么…… / 否则，他将不能以其诗句扳开 / 覆着甜蜜面纱的花蕾，/ 或者让你脊背发凉 / 全身

震颤 / 当他揭示真相"(《含笑默许，被吻的嘴唇欲迎……》)。但他在诗集《身为诗人》中《巴赫协奏曲》一诗里也清楚陈述，当他写作时——

> 被甜甜的唾液紧黏在
> 面临独一无二时刻的双唇间，
> 我无意让我悲惨的灵魂
> 获得拯救，
> 也不渴望永恒的至福，
> 我求瞬间即逝的
> 短暂喜悦。

他求灵感垂临时"瞬间即逝的 / 短暂喜悦"，以记录、再现、追忆、想象……人世间那些能有与未能有的曼妙时刻，瞬间即逝的短暂喜悦……以艺术的美牢牢捕捉瞬间即逝的"世间众美"，即便——如他在 1925 年《诗人》此首四行诗中所说——短暂喜悦的背后可能是悲哀：

> 他歌唱又歌唱
> 已逝的青春的悲哀，
> 而在他的下巴上仍见
> 银河的痕迹。

《世间众美》是赛弗尔特晚年所写回忆录之名，也是他 1923 年诗集《全是爱》中最著名的一首诗的标题。世间众美——"Všecky krásy světa"——这几个字，其实出自捷克作曲家斯美塔那（Bedřich Smetana）歌剧《被出卖的新娘》（Prodaná nevěsta）第二幕第四场中，婚姻掮客克查（Kecal）所唱的一首喜感十足的咏叹调："Každý jen tu svou má za jedinou. Všecky krásy světa v ní vidí…（弱水三千，只能取一瓢饮。但每个人都觉得自己的那一位，集世间众美于一身……）"赛弗尔特在回忆录中追忆、歌赞生平所遇许多美好事物。但他说，世间万物未必全都美丽；是因为诗人写了它，所以变得美丽。诗人的笔，点石成金，让万物熠熠生辉，让瞬间即逝的短暂喜悦永存于诗里。

*** ***

　　受邀中译这本收录赛弗尔特各阶段长、短诗代表作八十六首的诗选，对我们是意外的作业和慰藉。因为在我们四十年译诗历程中，未曾有亲近或移译赛弗尔特诗之缘。在由"耳顺"朝"从心所欲，不逾矩"行进的路上，得以及时读、译赛弗尔特这样一位爱美、惜美，以诗歌咏叹、体现世间众美的大师之作，诚然是舒畅快意之事。他诗行间流泻出的芬芳感官之美以及跃然纸上的生之喜悦，于浮世晃游的我们，的确是慰藉。对于捷克诗歌，我们过去作业簿上留下的，不过是先后刊印于《永恒的草莓园》与《世界的声音：陈黎爱乐录》二书，对于捷克作曲家雅纳切克（Leoš Janáček）联篇歌曲集和歌剧咏叹调歌词的译介。还有就是 1978 年前后，我们开始投入外国诗中译，一边译介拉金（Philip Larkin）、休斯（Ted Hughes）、普拉斯（Sylvia Plath）等当代英语诗人的诗作，一边着手编译《拉丁美洲现代诗选》时，在英国企鹅出版社欧洲诗人系列邂逅的捷克诗人巴图谢克（Antonín Bartušek）的诗作。此次，因为中译这本赛弗尔特诗选之故，我们特别找出夹于当年企鹅版诗集中，三首未发表的巴图谢克中译稿，整理如下：

那几年

你拒绝放弃。

你继续期待。

你收集每一次

灾难的指纹，

希望能当场逮住他们。

雪双重地下着。

突然间我们有了白发，

你与我。

见证

我们可曾如此全然孤独，
我们可曾如此极度害怕
一如春天时学校走廊上
试管里的金凤花：
除了变干的水变干的
残余的几滴外别无他物？
生命可曾以相同的事物面对我们
一如某个爽朗黄昏，为邀星子们
出来跳舞，
强迫明亮的花瓣永远闭合？
那没有用，一个根本不知道到底是怎么
一回事的小女孩如是说，然而她几
　乎说对了，
要不是她遇见那棵，一瓣一瓣
卸下其花容，
为义不容辞递送果实做准备的树。
也许有一天我们不会因
只灿开了有点太短的时间而遗憾，
为了递送我们的果实，
为了见证……

二十世纪

我们边走边猎取镜头。

快门的咔嚓声似乎有意将我们自睡梦中

唤醒。孩子们

挂着迥异于旧俗的微笑,在这片草

　　地上,

而母亲们,心无存疑且茫然出神,

正思索着遥远的真理。

天热。路边的草莓成熟了。

突然间夏天并未依据我们的渴望命

　　名……

缺席的海打着盹进入深蓝如天空的

　　睡眠。

但既然天空并非真的存在

我们乃向每一个路标问路,

却只探得

湖泊隐入一片蓝色寂静处……

我还可以告诉你树林子的消息……

　　它们也

将它们可靠的脸孔暴露在我们的相

　　机里……

你瞧,我们边走边猎取镜头,

真理在底片中显形。

　　小赛弗尔特二十岁、只活了五十三岁的巴图谢克，大半创作生涯因遭逢捷克国内审查制度而不得畅言，发表。但他如赛弗尔特所自许的，"努力不说谎"，即便"无法说实话，也要保持缄默"，把写下的诗作存于抽屉里，与赛弗尔特一样"为了见证"时代的苦难（"收集每一次／灾难的指纹"），见证生之短暂以及大自然的美与力（"我们不会因／只灿开了有点太短的时间而遗憾，／为了递送我们的果实"），见证或隐或显的世间众美（"我们乃向每一个路标问路，／却只探得／湖泊隐入一片蓝色寂静处……"）。对美与悲悯，捷克的诗人们（或者全世界的诗人们），是有目共睹的。

　　2018 年 2 月 6 日，为了赛弗尔特中译诗选中此篇后记的全貌初具与标题定名，陈黎在花莲家中工作到深夜，行文至第二部分最后段落，提及赛弗尔特诗句"我求瞬间即逝的／短暂喜悦"时，心生以此为后记标题之想，但犹豫是否会有轻薄、轻佻之虞，当陈黎把此诗句复制贴于后记最前面标题位置，忽然间屋宇剧烈摇晃，发生了此生我们在花莲所遇最强的地震，陈黎从电脑桌前急奔楼下，发现前面出口已被瞬间倒塌高叠的家中书籍、音响、唱片等所阻绝，从后门急出后，获知市区数栋大楼崩塌，多人遭埋，但余震不断。陈黎后悔刚刚没有及时按鼠标存档，又入屋跨过狼藉书堆，上楼回到电脑桌旁，坐在地板上面对已然落地但仍亮着的屏幕，伸长手臂，勉强、尴尬地移动仍在桌上的鼠标慌忙存档。快速下楼出屋后，又后悔应该再上楼将电脑关机。二度上下楼出去后，又后悔应该再上楼将存档寄出，以免多日心血毁于一旦。如是反复上下楼数回。

接连几日余震，据统计，超过三百次。等频率趋缓，惊魂稍定，渐返生活常轨，大胆端坐电脑桌前重启存档继续推敲译诗稿与后记文字时，我们确定"我求瞬间即逝的短暂喜悦……"这个标题，不但不轻浮，而且严肃、庄重、提纲挈领——世界美如斯，浮生亦晃荡！

我们不确定我们所居住的被连续地震所惊吓的城市或世界，是否就是赛弗尔特诗中所言的"罪恶之城"。感谢这城市、这世界中依然存在的众多"两个义人"，我们得以在惊心、惊魂之余，在余震渐去的早晨、傍晚，闻到不远处树丛飘来的不知名的早春最初的花的香味，虽然只是瞬间即逝的短暂喜悦……

陈黎、张芬龄

2018 年 3 月，台湾花莲